新古今の天才歌人

藤原良経

——歌に漂うペーソスは何処から来たのか

太田光一

郁朋社

新古今の天才歌人　藤原良経／目次

装丁／根本 比奈子

前篇　藤原良経小伝

百人一首の愛好家には藤原良経といえば《きりぎりす》、《きりぎりす》といえば藤原良経と親しまれている。新古今時代の歌人に興味を持たれている方には、当時を代表する歌人の一人として知られている。事実、七代目勅撰和歌集『千載和歌集』に七首、八代目勅撰和歌集『新古今和歌集』に西行歌九十四首、慈円歌九十一首に次ぐ七十九首の歌が入集している。

良経歌の魅力の一つは輝かしい経歴にも拘らず、何か哀愁のようなものが感じられるからではなかろうか。先に引用した《きりぎりす》の歌は《きりぎりす鳴くや霜夜のさむしろに衣かたしきひとりかもねん》であるが、この上句にもこの世を象徴するかのような哀愁が感じられる。それは何故なのか、人生体験から来ているのか、それとも新しい芸術として独特の和歌観から生まれたのか、知りたくなろう。

まず彼を《よしつね》と呼ぶべきか《りょうけい》と呼ぶべきかについて言及しておく必要がある。小著では《りょうけい》としたい。父藤原九条兼実の長大なる日記『玉葉《ぎょくよう》』に、文治元年（一一八五）、良経十七歳の十一月十二日、義経・行家追討の院宣を下すに当たり、良経の訓みが義経と同訓であり、都合が悪いとのことで改名の話が出たが、結局義経の方を改名すべしとして良経については改名はなされなかったとある。そのような事実に鑑み、良経を《りょうけい》と呼ぶことにしたい。この時父兼実は従一位右大臣、良経は従三位左近衛中将で、公卿の仲間入りを果たしていた。

又、小伝を先にすべきか作品を先にすべきか迷ったが、実人生での研鑽の積み重ねが結果的に秀作を生んだのだから、まず彼の実人生がどうだったのかを俯瞰するのは間違いではなかろうとのことから、小伝を先にした。勿論、作品をもっと大きく文学史の上で考察することも重要である。作品が実人生の体験に基づくとする考えに異を唱える向きもあるが、実人生がどうであったかをまず知ることはやはり作品を鑑賞する上で重要である。人によっては実人生の体験とは無関係に創作を進めて行く作者もいることも事実ではあるが、良経がどのようにして作品を作って行ったのか、体験によったのか、体験とは無関係に創作活動をして行ったのかを理解するにはまずは彼の実人生がどうであったかを知る必要があろう。その上で作品を鑑賞すべきと考えた。

何故そこまで見分けなければならないのか。先にも述べたように、彼の作品には表向きの華麗な人生からは理解しがたい程のペーソスが漂っているからである。その理由を彼が実人生の体験を離れて、文学史的発展の上で創作活動をしていた、つまりは実人生の人格とは別の人格が新しい芸術を追い掛けていたのだと考えるべきなのか、あるいは、輝かしい経歴と他人は羨む華麗な人生の内奥で実は表には出ない、陰の部分が彼の創作意欲を動かしていたのか、その陰の部分が彼の心の内奥にあったとすれば、それも実は彼の実人生の体験によって生まれたのである。だから、実人生に近づければどちらが支配的だったのかを知ることが出来よう。

藤原氏はもと天児屋根命《あめのこやねのみこと》を祖とする中臣氏の流れで、中臣氏は代々神事に際して祝詞を奏上することを生業としていた。大化の改新直前、中大兄皇子（後の天智天皇）と中臣鎌足とが槻の木の下で蹴鞠《しゅうきく》（けまり）中に皇子が鎌足の非凡な才能を見抜き、鎌足を重用しようとしたのが二人が信頼厚い君臣の間柄を結ぶきっかけとなった。その後二人は大化の改新を成功させ、その絆は更に強固なものになった。皇子が天智天皇として即位し、大津王朝を立てると、鎌足はその経営と発展に尽力した。その功に報いるべく、天皇は臨終の鎌足に藤原姓を与えて、ここに藤原氏が誕生したのである。鎌足の子とされる藤原不比等は持統天皇の朝廷経営を補佐し、その信頼関係によって、藤原氏と朝廷との関係は更に発展し、両者が君臣以上の特別な関係を築くに至ったのである。藤原氏が摂籙家《せつろくけ》を代々受け継ぐ端緒は実はこの時既に始まっていたのである。その藤原不比等には四人の子息がおり、藤原氏は四家に分かれた。藤原良経はその内の北家房前《ふささき》の流れである。話を良経の近辺に移すと、祖父は三十七年以上も関白摂政を務めた摂政関白藤原忠通である。『尊卑分脉』によれば忠通には男十人女三人の子供がいた。良経の父藤原兼実は三男であった。彼はのち五条家の一つ藤原九条家を興した。忠通の長男基実、次男基房は同母の兄弟で、共に摂政関白を務めたが、永万二年（一一六六）早世した基実の跡を継いで関白になっていた基房ははかなくも治承三年（一一七九）十一月十五日、平清盛によって、大宰帥へと左遷させられ（不服として出家して備前国に流された）、基実の長子で清盛の女婿近衛基通が関白に就いた。兼実の母は藤原仲光の娘で摂籙家の家女房で加賀と言った。長兄次兄の母に比べて身分は低かった。藤原仲光は従五位下皇大宮大進に過ぎなかったが、忠通は加賀を寵愛していた。しかし、兼実の出世のためにはどこかの猶子《ゆうし》になる必要があった。幸い崇徳天皇の中宮となり、のちに皇嘉門院の院号を賜っていた忠通第一子の異母姉聖子《きよこ》の庇護を受けた。忠通の家司であった兵部卿平信範の『兵範記』には保元元年正月（改元は四月二十七日で、この時は未だ久寿三年ではあるが）の条に《(若君の) 一人七歳皇嘉門院御猶子》とあり、保元元年（一一五六）に、門院の猶子となっていた。しかし、保元の乱で崇徳天皇側が敗北したため、皇嘉門院は落飾し、兼実は慣例にならって長兄の猶子となり、保元三年（一一五八）長兄基実の許、元服し官位の階梯を順調に上り、永暦元年（一一六〇）従三位、仁安元年（一一六六）正二位右大臣、承安四年（一一七四）には従一位になっていた。前述したように清盛が兄基房を退け女婿の基通を関白に据えたことで、兼実は清盛に対して不信を抱くようになり源氏方への傾斜を深めた。のち、頼朝と好を通じて更に出世の街道を走ろうとするが、政治の世界は複雑怪奇である。一本調子には行かなかったが、前進は大いに見られた。

良経に精神的に多大な影響を及ぼした人物に慈円がいる。彼は兼実の同母の弟で天台座主を四度も務め、生得の歌人でもあり、『愚管抄』を遺すほどの歴史家でもあった。良経の十四歳年上の叔父であるが、彼については後篇の第一章（一）『千載和歌集』以前の節で良経の若年時の和歌や人生観への影響などについて触れることにして、ここではこの程度にしておこう。

兼実には九男一女の子供たちがいた。わが良経は次男であった。一女とは良経の四つ年下の実妹でのちに後鳥羽天皇の中宮となった任子《にんし》である。長兄の良通、良経、任子は同母の兄弟で、母は従三位藤原季行の娘藤原兼子である。わが良経も慣例に従って基房の猶子となって治承三年（一一七九）四月十七日元服して、従五位上に叙せられた。十一歳になっていた。

当時の貴族――特に、摂籙家のような上級の貴族社会では正嫡以外の男子は仏門に入るのが一般であった。正嫡は氏の長者となって、父以上の官位を目指した。仏門に入った男子も父がそれなりの権勢の振えるような貴族であれば、由緒ある寺院の座主や別当となって、政教両面で更に権勢を振うことになるのである。兼実の兄弟たち、兼実の子息たちもその例外ではなかった。慈円が僧門に入ったのもそのような事情が強かったのであろう。

又、この時期、特に鹿谷の陰謀が発覚する治承元年（一一七七）から平氏が壇ノ浦に滅亡する元暦二年（一一八五）の間は目まぐるしく政情の動く不安定な時期であった。その間には清盛の死、木曽義仲の入京による混乱など、その上、延暦寺では学徒と堂衆とが激しく衝突し、正しく末法の世を体現するような時期でもあった。

この時期、九条家はどうだったのか。兼実は右大臣に留まりながらも清盛の暴挙に苛立つ雌伏の日々を過ごしていたが、平氏の滅亡によって、又政界への力を回復した。文治二年（一一八六）摂政を宣下された。長子の良通は右大臣を拝命した。一方、わが良経は次男でありながら、位階は順調に昇叙され、平氏の壇ノ浦滅亡直前に従三位にまで上り詰め公卿の一員となっていた。しかし、文治四年（一一八八）突然兄良通が二十二歳の若さで急逝してしまうのである。わが良経は若冠数えで二十歳であったが、突然、政治の表舞台に立たされることになった。位階官職は以後順調に階梯を上って行く。

そして、文治五年（一一八九）十二月十四日太政大臣に任じられた父兼実は娘任子の後鳥羽天皇への入内《じゅだい》という生涯の大仕事に取り掛かり、翌年文治六年（一一九〇）正月に無事それを果たすのである。この年は四月十一日に元号が建久に改められた。そして、四月二十六日に任子は中宮となるのである。九条家に正しく春がやって来たというところである。良経は任子が中宮となったのを機に、中宮大夫に任じられた。

一方で兼実は頼朝との関係を重視し、建久元年（一一九〇）十一月、頼朝入京時に対面し、一応頼朝の信を得ることに成功はしていた。翌建久二年（一一九一）、良経は頼朝の姪である一条能保の娘と結婚するのである。この人の腹に長子道家、次子教家。娘にのちに順徳天皇の中宮になった立子などがいる。この結婚は多分に政治的配慮によるものではあったが、良経は彼女をこよなく愛していたようである。彼女は正治二年（一二〇〇）に三十四の若さで病死するが、良経は妻の死を悼み《みし夢にやがてまぎれぬ我が身こそとはるるけふもまづ悲しけれ》と悲しみを露わにした。この歌は『新古今和歌集』に入集している。

建久六年（一一九五）十一月には内大臣に任じられ、良経には有頂天の日々が続いていたことだろうが、諸行無常の響きありである。

一年後の建久七年（一一九六）十一月二十五日に、いわゆる《建久の政変》が起こるのである。兼実は少し思い上がっていたのであろうか、自信満々にも政界に於いて強引ともとれる采配を振ってしまうのである。しかし、この強引とも取れる采配は冷遇され、内に不満を募らせていた連中たちを反兼実派へと結束させる結果となるのである。政敵たちは後白河法皇の宣陽門院を中心に結束して行く。村上源氏の嫡流である源通親は治承・寿永の乱で後白河法皇の信を得て宣陽門院の後見人となっていたのである。一方、頼朝は娘大姫の入内を画策していた。

宣陽門院に働きかけるため、頼朝は通親に接近した。というのは頼朝は兼実にも入内の後押しを期待していたが、兼実が消極的であったので、頼朝は兼実を見限り、宣陽門院に近い通親を選んだのである。更には又、院近習たちに故実を基に厳しく当たる兼実に対して不満を募らせていた彼らは、反兼実への動きを益々加速させて兼実は孤立を深めて行った。

話は少し戻るが、兼実は良経の昇叙についても無理を押して、文治四年（一一八八）、良経を正二位に叙していた。このことが兼実と同じ年で、まだ従二位に留まっていた通親の怒りにも似た反感を生んでいたのであり、二人の軋轢はこの時から既に後戻り出来ないほどの根深いものへと変貌していたのである。

更に通親には幸運が待ち受けた。建久六年（一一九五）入内させた養女在子（通親の妻は元後鳥羽天皇の乳母であった藤原範子で、彼女には在子という連れ子がいた）に十一月、皇子（後の土御門天皇）が誕生したのである。

通親は皇子誕生を機に皇子に恵まれなかった中宮任子（建久六年八月皇女昇子を生んでいた）を建久七年（一一九六）十一月二十三日、内裏より追い出し、同年十一月二十五日、文治二年（一一八六）に兼実によって摂政を辞めさせられていた近衛基通を関白に任じ、兼実を失脚させてしまうのである。いわゆる《建久の政変》である。九条家には暫く失意の日々が続くことになる。

当然のことながら、良経にも累が及ぶ。内大臣のまま籠居を余儀なくされて実質的活動は不可能になるのである。あまつさえ建久九年（一一九八）正月には左近衛大将の職も失ってしまう。

転機が訪れてくるのは建久十年（一一九九）——この年は四月二十七日に正治元年と改元されるが、一月十三日に頼朝が急死し、二年前の大姫の急死も含め通親を取り巻く環境も急に不透明になって来る。後鳥羽天皇の志向する公家政治の復権と新しい武家中心の政治体制を敷こうとする頼朝との間にはもともと不協和音が秘かに鳴っていたのである。後鳥羽天皇は頼朝急死の前年の建久九年（一一九八）正月十一日に既に土御門天皇に譲位し、基通を摂政としていたが、頼朝の急死で事情は一変するのである。上皇の誕生と頼朝の急死は九条家にとっては朗報であった。正治元年（一一九九）六月、後鳥羽上皇のもと、良経は勅勘を解かれ左大臣に任じられるのである。九条家の復活ではあるが、九条家は摂籙家であっても、昔の権威を保てず後鳥羽院の従属機関へとなり下がってしまうのである（後鳥羽院の強力なリーダーシップもさることながら、九条家の院への恩義も関係していることは明らかではあるが、却ってそれが良経と後鳥羽院との関係を良い方向へと導いて行くのである）。

歌に熱中されていた後鳥羽院は自ら歌会を主催され、仙洞が歌壇の中心となって行く。良経もその歌壇の一員となって、歌会に参加しては多くの秀歌を詠進し後鳥羽院歌壇の寵児となって行き、良経主催の九条家の歌壇は廃れてしまうのである。

兼実は建仁元年（一二〇一）十二月に妻を失い、翌年正月に出家してしまう。宿敵とも思われていた源通親も建仁二年（一二〇二）十月二十一日死亡する。一方、良経は三十四歳になっていたが、父の出家に伴い十一月二十七日氏長者となって、十二月二十五日には摂政を宣下されるのである。

後鳥羽院は建仁元年（一二〇一）七月、和歌所を仙洞御所二条殿に開き、良経らを寄人《よりゅうど》（和歌所の職員）にし、歌壇は後鳥羽院が主導されるようになるのである。十一月三日に『新古今和歌集』の撰進の院宣が源通具、有家、定家、家隆、雅経、寂蓮らに下った。しかし、寂蓮は翌年病没し、又歌壇の重鎮藤原俊成も元久元年（一二〇四）十一月には死亡するが、『新古今和歌集』の撰進作業は進み、翌元久二年（一二〇五）三月二十六日に竟宴《きようえん》が開かれ、一応の完成を見るのである。

良経は三十六歳の元久元年（一二〇四）十二月十四日、太政大臣に任じられていたが、しかし、目出度いことは続かない。建永元年（一二〇六）三月七日、三十八の若さで急死してしまうのである。『尊卑分脈』には《頓死す、ただし、寝所において天上より刺殺される》と注書きがあって、何やら暗殺を匂わせている程の急死であった。恐らく遺伝的に何か欠陥があって、病死したのであろう。兄良通は二十二、伯父基実は二十四、異母弟の良輔は、三十四、父兼実は一年後の建永二年（一二〇七）――この年は十月二十五日に承元元年と改元されるが、四月五日に五十九で没するのである。

これが良経の大雑把な小伝ではあるが、巻末に簡単な年表を付したので、それも参考にしてほしい。尚、後編でも折々に詠歌と関連した良経の日常に触れる積りでいる。

さて、歌とはどのように関わって来たのかについて以下に少し書いておきたい。

父兼実は『千載和歌集』に十五首も入集しているほどの歌人で、大変な歌好きであった。彼の日記『玉葉』は兼実十六の長寛二年（一一六四）閏十月から始まるが、政の日常を公式に記録しておきたいとして始められたのであろう。詩歌の会についても、公的なものと受け取っていたのであろうか、仁安三年（一一六八）正月二十八日の条では《摂政家（基房）において詩歌糸竹の会あり……詩資隆少納言、歌重家朝臣……》とあって、後に出て来る《密密云々》とは趣は異なっていた。又、日記の初めの部分には子供たちの誕生といった、父として記録しておきたい事項も省略されていた。しかし、日記が進むにつれて、私的な事項にも触れて来る。例えば、良経について嘉応元年（一一六九）誕生の記録はないが、嘉応三年（一一七一）――この年は四月二十一日に承安元年に改元されるが、三月十六日の条に《乙童（良経のこと）、始めて真菜《まな》を食す》との記述があり、私的なことも書き込むようになって来る。いわゆる生まれて初めて魚を食べさせる《真魚《まな》始め》という儀式を行ったとの記述である。そしてこの辺りから、つまり、良経五歳くらいから詩歌の会についての記述が現れるのである。初めは承安元年（一一七一）五月十一日、《儒士十五、六来って密密、連句のこと有り》と出て来る。これは詩連句の会のことではあるが、その後は《密密、和歌のことあり》といった表現が頻々と現れて来るが、その師匠は六代目勅撰和歌集『詞花和歌集』の撰者で六条流を号した藤原顕輔の息男である藤原六条清輔であった。そして、歌会は十名前後の常連メンバーで行われていた。頼政、清輔、季経（清輔弟）、重家（清輔弟）、頼輔〈この人は清輔の弟で娘が兼実に嫁ぎ――いわゆる側室である――良平という子供を元暦元年（一一八四）に生んでいる〉、経家（重家の子）、兼親、隆信（母は俊成に再嫁して定家を生む）、など六条家歌壇のメンバーが主であった。しかし、清輔が治承元年（一一七七）六月二十日に亡くなると、翌年二月二十七日、隆信を通して、御子左《みこひだり》家の藤原俊成が歌指南の意向を兼実に伝えて、俊成が兼実家の歌指南をするようになるのである。ここに、九条家歌壇の特色がある。後に対立を強める六条家と御子左家が共に歌を詠み合ったのである。良経もそのような雰囲気に慣れ親しんだのだろう。後に後鳥羽院に寵愛されて行くのも彼の敵をつくらない態度を後鳥羽院は喜んだものと思われる。特に後鳥羽院と対立する定家との間を取り持ったことは大きな功績である。『後鳥羽院御口伝』に良経は文句なしにべた褒めされているのは歌の良さばかりでなく、良経の穏やかな敵をつくらない性格も影響しているのであろう。そして、俊成が九条家の歌の師匠となったことから、定家は九条家の家司となり、良経は定家の新しい詠い振りから多大な影響を受けることになる。そして、そのような関係から《新儀非拠達磨歌》詠みと揶揄されるようになる定家をかばうことにもなったのであろう。このように良経は六条家の歌人たちと御子左家寄りの多くの新進気鋭の歌人たちと共に交流することになったのである。

この九条家の《密密和歌のこと》とはどのようなものだったのか、『玉葉』の記述から次のように推定出来るであろう。

（一）勤務時間を終えての夜行われて、時には深更にまで及んだ。《夜半に及びこと終わりぬ、分散す》《鶏鳴に及ぶ》《深更に及ぶ》《深更帰去す》《鐘報の後分散す》

（二）その場で歌を詠むのではなくて、出来上がっていた歌を読み上げるといういわゆる披講が主で、その後その場で歌を詠むことも、又、連歌を楽しむこともあったようだ。《密密和歌を講ず》《披講の後、連歌あり》《密密和歌あり、また当座あり》

（三）そして、時には師匠清輔に判をさせて優劣を競うようなものだった。《清輔これを判ず》《清輔勝負を判ず》

（四）そして治承二年（一一七八）には歌題を定めた、具体的な題詠の記述が増えて来る。いわゆる百首和歌の披講が行われる。《鶯、忍恋、桜、初遇恋、月、紅葉、雪など》の題詠歌である。これは後に良経がこの百首和歌に倣って『治承題百首』を詠むことになる。

というものであったらしい。

このような密事に良経はどのように関わっていたのだろうか。勿論自邸での歌会であったのだから、知らなかったが、敢えて、兼実は良通・良経兄弟たちに参加させることはなかったということはなかったように思われる。『玉葉』には　良経が治承三年（一一七九）四月十七日、元服する頃から《密密和歌のこと》の記述は減り、代わって、養和元年（一一八一）——この年良通十五歳、良経十三歳——に入ると《良通、良経密密連句あり——この密密という表現も全体の中では少なくなって行く——》と言った記述が『玉葉』に目立って来るのは、兼実が息子たちに将来摂政として立派に任務を果たさせるために、まず、故実に精通することを求めたのであろう。そのためには私的な和歌ごとに熱中させるのを避けて、詩文の練磨に明け暮れさせたように思われる。そして、この連句の遊びには良通の兄として弟の良経を指導するという役割も付与していたのであろう。『玉葉』には兄弟に詩連句を競い合わせたと思わせる記述が多く見られるからである。例えば、《大将（良通のこと）、侍従（良経のこと）連句の興あり範季座に候う》という表現は他人を介在させることによってより真面目な詩作を促すという、《密密和歌のことあり》という表現よりも、もっと畏まった半ば公の雰囲気を感じさせよう。このように兼実は息子たちの教育には父親として以上の力を入れていたものと思われる。『玉葉』にはこんな記述もある。寿永二年（一一八三）閏十月十三日《夜に入って資隆入道来る。大将作るところの詩など見せしむ。褒誉《ほうよ》を加うる……》とあるように兼実は良通の詩の才を誇りに思っていたのである。そうでなければ見せることはしまい。この詩とは古いものではなく、近い作であることは間違いない。そのひと月前の《今日、大将来って中将と相共に密密詩あり》に対応しているのであろうか。良経にとってはどうだったのだろうか。兄が優れていると思えば、それだけ自分の才に疑問を感じたのではなかろうか。ここに、良経が兄と違った道を模索し始めていたように思う。いわば、詩文の領域での兄への劣等意識が兄のあまり熱の入らぬ和歌へ向かわせたのであろう。しかし、兄良通は残念にも、文治四年（一一八八）二十二歳で急逝してしまう。兼実の嘆きが如何ばかりであったのかは容易に想像出来よう。彼は長男急逝の二月二十日、長文の嘆きの表白をする。その中で《……幼年より学を志し、和漢の典籍渉猟せざるなし……文章これ天骨を得、詩句多く人口にあり……近日また和語を学び、詠ずるところの歌、僅か両三に過ぎざるといえども、風情幽玄に入る云々》と詩文の才を惜しんでいる。しかし、詩文の才に比べて和歌は未だしの感があったようだ。事実、死の二か月後に奏覧された『千載和歌集』には良通は四首のみしか入集してない。それに対して、良経は七首も入集している。良経は兄の詩文には敵わぬと和歌研鑽へと力を注いでいたものと想像出来る。

これが良経の若年時の九条家の表向きでの文学環境であった。元服前後の良経へ精神的影響を与えたのは慈円であったように思えるが、そのことについては前述したように『千載和歌集』以前の節で触れることにする。

このような環境を経て、良経は和歌作りに没頭するようになり、やがて、後鳥羽院歌壇での和歌文学を牽引して行くのであるが、彼の作品には生涯を通してペーソスを感じさせる。その原因が何処にあったのかを、後篇で探って行きたい。

尚、後篇では、作歌時期を次の三つに分けて、それぞれの時期の詠歌活動とその間に詠まれた『百首歌』など歌の特質等について考察することにした。

第一期　建久の政変まで

〈作歌活動を始めてから――時期は特定出来ないが、文治四年（一一八八）成立の『千載和歌集』所収の歌を上限として、自ら歌会を主宰して活発な活動をしていた建久七年（一一九六）頃まで――『花月百首』『二夜百首』『十題百首』『六百番歌合』『南海漁父百首』『治承題百首』など〉

第二期　建久の政変期の籠居中

〈主に建久九年（一一九八）の『西洞隠士百首』『後京極殿御自歌合』の時代〉

第三期　政界復帰から死没まで

〈正治元年（一一九九）から急死する元久三年（一二〇六）までの後鳥羽院歌壇

での活躍期――『正治二年初度百首』『千五百番歌合』ほか――そして『新古今和歌集』へと〉

後篇　藤原良経の歌

第一章　第一期の歌

（一）『千載和歌集』以前

勅撰和歌集第七代の『千載和歌集』（以下『千載集』と略す）は良経二十歳の文治四年（一一八八）四月二十二日に成立し、良経の歌七首が次のように入集している。

三七番　春上　ながむればかすめる空の浮雲とひとつになりぬ帰るかりがね
八九番　春下　さくら咲く比良《ひら》の山風吹くままに花になりゆく志賀の浦波
三三〇番　秋下　さまざまの浅茅が原の虫の音をあはれひとつに聞きぞなしつる
四四四番　冬　さゆる夜の真木の板屋のひとり寝に心くだけとあられ降るなり
七四六番　恋二　秋はをし契りは待たるとにかくに心にかかる暮の空かな
八二六番　恋三　知られてもいとはれぬべき身ならずは名をさへ人に包ましやは

一一二七番　釈教　ひとりのみ苦しき海を渡るとや底を悟らぬ人は見るらん

撰者の藤原俊成は彼の歌論書『古来風躰抄《こらいふうていしょう》』の中で、良い歌の定義として《歌はただよみあげもし、詠じもしたるに、何となく艶にもあはれにも聞ゆる事のあるなるべし。もとより詠歌といひて、声につきて善くも悪しくも聞ゆるものなり》とある。「歌は声に出して詠じた時に、その歌の持つ韻律によって良くも悪くも感じられるものである。元々歌というものは詠ずるものなのだから朗誦した時に艶にもあわれにも聞こえる歌が良い」と言うのである。さて、良経の歌はどうであろうか？　俊成はこうも言っている。《歌をのみ思ひて、人を忘れにける侍るめり》と。しかし、これはどうであろうか？　良通や良経の歌を撰歌するに当たって、彼らが主筋の息子たちであるということが念頭にあったことは否定出来ないであろう。しかし、良経の四季の歌にある斬新さ、新鮮さ、詠み口の良さを俊成が認めていたことは間違いあるまい。

それはまず「ひとつ」という詞使いにあるように思える。良経が視覚と聴覚の融合によって、あわれさを一層引き出しているところに注目したことは確かである。そこには単なる叙景歌にはない視覚と聴覚との融合によって新しい境地を切り開いているという新鮮さを感じていたように思える。眼前の景物に音を重ねて行く。そのことに「ひとつ」は効果的である。第一首は雁たちが浮雲の中に消えて行き、茫洋と霞む雲の中から雁が音だけが鳴っているといった風情を巧みに表現している。又、第二首では「ひとつ」という言葉はないが、山風の音に湖に浮かぶ散って行った桜花を重ねている。散った桜花の中から山風の音が聞こえて来るのである。第三首は前二首とは少し趣は違うが、「ひとつ」は虫の音が数々あろうが、そんなことはどうでもいい、ただただ哀れだけだと強調するのに効果を発揮している。《浅茅が原》の哀れさを一層引き立てている。これも聴覚が主役である。

そして、第四首は《あられ》だけに着目すれば、良経歌の直前にある俊成の《月さゆるこほりのうへにあられ降り心くだくる玉川の里》を手本にしたかと思える。多分二つの歌はある座で同時に詠まれたものか、《あられ》という題の下に詠まれたものであろうが、雰囲気は大分異なる。その原因は良経歌にある《ひとり》という言葉にある。良経歌は《ひとり》という言葉を置くことによって、《あられ》の激しく打ちつける音に心が砕かれて眼前の全ての景物が無色になって行くという恐怖心を表している。ここには何か本質的な人間の孤独の心を強調しているようにも思える。単なる冬の歌ではない。

後に左大臣に上り詰めた頃、正確な詠歌時期は分からないが、正治二年（一二〇〇）良経三十二歳の秋頃、後鳥羽院は当時の名だたる歌人たちに百首歌を詠進するよう下命した。そして、九月二十七日にいわゆる『正治二年初度百首』なるものが成立するが、その中に『小倉百人一首』にも採られた有名な《きりぎりす鳴くや霜夜のさむしろに衣かたしきひとりかもねん》──『新古今和歌集』秋下入集歌でもある──がある。《さむしろに衣かたしき》は『古今和歌集』から《衣かたしきひとりかもねん》は『万葉集』の歌からの本歌取りではあるが、これらは恋人を待ちわび、ひとり寝の寂しい女ごころを詠んだものだか、良経のものは、状況が違う（良経は本歌の恋歌を気の利いた四季歌に翻案するのが得意であった）。恋人を待っているというより、「ひとり」という独居の寂しさ、人間の本来の姿である孤独という存在そのものに触れた感慨である。『千載集』の良経の歌も、正しく、そのような人間存在の絶対的孤独に触れたものであることは確かである。《きりぎりす鳴くや霜夜のさむしろ》は《さゆる夜の真木の板屋》と同じ世界であり、それは正しくこの世のことであり、人間はそのような世界に《ひとり》で生きて行かなくてはならない、勿論死ぬ時も独りであるということを、一方は激しく打ちつける《あられ》の音によって、もう一方は《きりぎりす》――こおろぎのことである――の弱り行く淋しい鳴き声によって、人間存在の孤独さを強調しているのではなかろうか。確かに表現法では《きりぎりす》の歌の方に軍配は上がるが、底流にある感慨は十数年過ぎ去っても心の中を流れていたと言って良いのではなかろうか。これらは共に冬の歌というより釈教《しやつきよう》歌に属する一首と見做されるべきである。この《あられ》の歌は慈円との交流によって生まれたのではなかろうか。その心を良経は生涯持ち続けていたように思える。

七首目の釈教の歌には明らかに孤独の影がつきまとっている。自分の悟りだけのために仏道修行に苦しんでいると知らぬ他人は思うだろうが、実は衆生のための菩薩行を修めているのだという『法華経』の世界を詠み込んだものと言うのが本意なのかもしれないが、この歌には二つのことが隠されているのだろう。一つは自分だけが孤独という《苦しき海》を渡っていると見えるかもしれないが、実は全ての人も本来は孤独に苦しんでいる、人間は底知れぬ絶対的孤独というものを運命付けられているということを皆悟るべきである。その悟りから全ての人に菩薩行というものが芽生えて来るのではないのかと訴えているような雰囲気を感じる。そして、もう一つは慈円の修行に打ち込む姿を理解してやってほしいということも訴えていたように思える。慈円と父兼実とのやり取り——山にこもり、世間から隔絶して仏道修行にのみ打ち込みたいという慈円の願いと父のそれを否定して、仏教界での世間的活動の方が尊いとする考えとの相克を慈円側に立って擁護しているように思える。

摂政右大臣家の次男坊という立場がそうさせていたのであろう。政治家は兄に任せて、自分は本来の人間の在り方について青年らしく思索して行きたいと考えていたような詠い振りを感じる。そこには、十四歳年上の叔父慈円の影響があったのであろう。そして、叔父の修行振りに憧れを感じていたのであろうか。もっと穿ってみれば、ひそかに自分もあのように将来仏門に入れたらと望んでいたのかもしれない。その裏には、辣腕を振るう父兼実、秀才兄良通、修行僧叔父慈円の間で自分の将来の立ち位置はどうあるべきか悩んでいたのではなかったか。もしかすると俊成はそのような良経を彼の詠い振りから理解していたのかもしれない。しかし、運命である。『千載集』の成立するほんの二か月前ではあったが、文治四年（一一八八）二月二十日、兄良通が急逝するのである。突然、将来の九条家一門の棟梁の座が巡って来たのである。次男坊として思い描いていた人生観が夢にも思わなかった地位が降って湧いて来て、突然、変貌せざるを得なかった。しかし、青年期に住みついた人生観をいとも簡単に変えることが出来たであろうか。以後の彼の歌にも何か暗い影を引きずっているのはもしかすると青少年期の思いが反映されているのではないかと思える。そのことはこれから探って行きたい。しかし、残念にも『千載集』以前の良経の歌は『千載集』に載る歌以外は知られていない。

ここで、良経と慈円とのことに少し触れてみよう。

慈円は久寿二年（一一五五）に生まれた。兼実より六歳年少である。父は摂政関白忠通、母は兼実の母と同じ家女房加賀であった。しかし、慈円は二歳の時母を失い、父も九歳で失い、孤児となった。兄兼実は未だ十五歳に過ぎなかった（現在の十五歳ではない。既に元服し、大人の仲間入りを果たしている）。多賀宗隼編著の『慈円全集』（七丈書院　昭和二十年刊）によれば《藤原通季卿の女にして堀河中納言藤原経定卿の後室なる山井禅尼の養ふ所となった》とある。このことがその後の慈円へ大きく影響して来るのであろう。自分が嫡男でないことがどういう意味を持つのか、この時点では知る由もなかったであろうが、実母の死を悲しい以上に受け取っていたことは幼児であっても分かっていたものと思われる。十一歳で覚快法親王の室に入り道快と称した。覚快法親王とは鳥羽上皇の第七皇子七宮のことである。これから暫くは俗界を離れて清浄な聖として精進して行くのである。道快は覚快法親王の引きもあり、その後法眼に叙せられている。慈円は実兄兼実とは兄弟というより、父子のような関係であったのだろう。兼実の日記『玉葉』から、その辺の事情が見て取れるのである。治承の頃、『玉葉』では法性寺座主道快、法性寺座主法眼道快などと呼ばれて、頻々と兼実を訪れる記述が現れて来る。法性寺座主となったのは治承二年（一一七八）頃であろうか。そして、道快がその頃目指したのは、世間から離れて修行に勤しむ聖であったのであろう。『玉葉』には治承三年（一一七九）——この年慈円は二十五歳になっていた——四月二日の条に《千日入堂を終えて、二十四日に下山し、今日初めて訪ねて来た。いろいろ話すことがあり、特に、彼が言うには世間のことは益無く籠居したいというが、自分はそうしてはならんと話し聞かせた》というようなことが書かれている。その後も、治承四年（一一八〇）八月十四日、道快は兼実を訪ねて、重ねて、《籠居したい、生涯無益です》と訴えたが、兼実も重ねて、《それはいかん》と諭したが、兼実自身道快の意志は固いと半ば諦めていたようだ。ところが、転機が訪れるのである。もともと、その頃は比叡山では学徒（僧侶）と堂衆（僧侶の下働き）との間の争いはエスカレートするところであり、道快の籠居の願いはそのような騒動とは関わり合わずに静かに修行に取り組みたいというものであった。しかし、ついに大きな事件が起こり、無動寺で籠居を目指していた道快に翻意させることになったのである。治承四年（一一八〇）十二月九日、道快は不在の兼実に置手紙を託すのである。道快にとっての師である七宮無動寺検校が兇徒に襲われ山へ逃げ込むことになった。寺側では如何ともし難くその助けを兼実に求めて山を下りて来たのである。勿論自分の籠居は叶うところではなくなったのである。これが転機となって、自分の修行よりも僧界の安定のために身を尽くす覚悟を決めたのではなかろうか。その時期は定かではないが、この事件の直後であったことは確かである。そして、養和元年（一一八一）十一月五日、道快法眼は法印に叙せられ、翌日師七宮覚快法親王の入滅に遭い、この時を以って、道快は法印慈円と改名したようだ。慈円の誕生である。時に慈円二十七歳、わが良経は十三歳で、この時良経は兄良通と詩作に打ち込んでいた。

良経が初めて慈円ともども詠歌に遊んだのは寿永三年（一一八四）――この年は四月十六日に元暦元年と改元されるが――のことだったのだろうか。『玉葉』寿永三年二月二十二日の条に《法印（慈円）御堂において法恩講（報恩講と言うべきだろうか）を行う……本意は雑芸――管弦詩歌などを以って仏を供養することなり、すなわち会合の道俗、密密詩歌を詠ずる……大将（良通）中将（良経）共にこれを詠ず、結縁のためなり……》とあるからである。このような法恩講の記事は文治二年（一一八六）三月五日にもあり、良通良経共に歌を詠じているが、この間の二年間に慈円と良経とが詠歌に遊んだという記事はない。しかし、『千載集』が奏覧されるのは文治四年（一一八八）四月二十二日であるから、良経が九条家で行われる《密密和歌会》に同席していなかったとは思えないし、慈円との詠歌を全く共にしていなかったとも思えない。そして、妙なことに『玉葉』に《密密和歌事》なる記事も姿を見せなくなるのである。なくなったというより記録されていないと見るべきだろう。兼実は自分たちの和歌の遊戯よりも息子たちの教育、成長の方に多大な関心を寄せていたためだったのであろう。《密密和歌事》の記事がなくなった代わりに兄弟たちの詩及び連句の記事は頻々と現れているからである。

しかし、一方で、兼実は自身のみならず、子供たちにも仏教信仰について大いに諭すところがあったのだろう。それが故に慈円は九条家の中で重要な客人であったものと思われるし、良通、良経たちと慈円との関係もそれなりに深いものがあったに違いない。

『千載集』釈教歌には兼実、慈円の歌も載せてある。しかし、良通の歌はない。それだけ良経の方が仏教に関心が深かったのかもしれない。次男という立場がそうさせたに違いなかろう。だから、良経は余計に慈円に親しみを感じていたものと思われる。

人ごとに変るは夢のまどひにて覚むればおなじ心なりけり………兼実
いとどしくむかしの跡や絶えなんと思ふもかなし今朝の白雪……慈円

慈円のこの歌には詞書が《比叡の山に堂衆学徒不和の事出で来りて学徒皆散りける時、千日の山籠り満ちなんことも近く、聖の跡を絶たんことを嘆きて、かすかに山洞に留まりて侍りけるほどに、冬にもなりにければ雪降りたりける朝に、尊円法師のもとにつかはしける》のように記されている。久保田淳氏の注によれば《堂衆学徒不和の事——治承二年（一一七八）の堂衆合戦——》とある（久保田淳校注『千載和歌集』）。この尊円法師の出自は不詳ではあるが、尊円法親王とは別人であることは確かで、恐らく、道快（慈円）と同様修行僧の一人で、道快とは心を許し合った仲で、あるいは京都西山善嶺寺に縁の者だったのかもしれない（後述するように良経はのちに『慈鎮和尚自歌合』（慈鎮は慈円の諡《おくりな》）を編むが、そこには尊円阿闍梨とあるが、のちの官職であろうか）。《君が名ぞなほあらはれん降る雪にむかしの跡はうづもれぬとも》という返歌から見ると、出身は道快よりはずっと低かったようだ。道快の千日入堂は治承三年（一一七九）三月に満願となるのだから、この歌はまだ一年も修行を残している最中の詠である。騒動によって、千日行が満たせなくなるかもしれないという危惧もあったのであろう。良経はのちに慈円の歌を撰歌して、左右に番えた『慈鎮和尚自歌合』を建久年間（一一九〇〜九九）に編んでいる。その中にこの『千載集』の釈教歌を選んでいるのを見ると、当時からこの歌、というか、慈円の修行する姿に感銘を受けていたように思える（多分、良経はこの歌を『千載集』で初めて知ったのだろうけれども）。

ただ、良経が慈円の歌や仏道修行のことを『千載集』奏覧後にのみに知ったとするのは他人行儀過ぎる。慈円と良経とが叔父甥の関係であったことを考えれば、良経は慈円が九条家に兄兼実を訪ねて来る度に慈円に会っていたであろうことを想像することは許されるであろう。そして、二人が歌を詠みあったであろうことも、仏道修行についても話が弾んだであろうこともあり得たであろう。慈円が修めていた無動寺での千日行についても当然話が出たであろうし、その間に詠まれた自詠の歌をも披露していたかもしれない。そして、良経が慈円の歌につけて詠んだ歌に対して慈円に批評を求めたかもしれない。良経は慈円の詠い振りを生得の歌人と敬愛していたのではなかろうか。良経自身も歌をこよなく愛していたからこそお互い心に響き合うものがあったと思われる。そんなことを思わせる歌がある。

文治四年（一一八八）二月二十日に兄良通を失った後、良経は慈円に次のような歌を書き送っている（良経歌集『秋篠月清集《あきしのげつせいしゅう》』秋部）。詞書に《内大臣（良通のこと）の事侍けるころ、無動寺法印のもとへつかはしける》とあって、

とへかしな影をならべてむかし見し　人なき夜半の月はいかにと

それに対して慈円は、

いにしへの影なき宿にすむ月は　心をやりてとふとしらすや

と返している。良経は兄を失った悲しさ寂しさを分かってほしいと叔父に訴えたのである。これ程に良経は慈円を精神的に頼っていたものと思われる。

のちに慈円は歌集『拾玉集』を編むが、その中からも二人が共鳴し合ったであろうことを推量してみたい。残念だが、『千載集』の頃に両者が歌を詠み合ったという記録はない。『拾玉集』の最初の方に、《千日の山ごもりのころ、おもふ事はただ諸仏の本懐なれば、心もすみておぼえし事をかきつけしかば、百首になりにけり、そのかみのことにて無下に左道之》という跋文があるから、治承の頃、道快（慈円）が無動寺での千日入堂を試みた頃の歌であろう。その百首歌からいくつか紹介して、『千載集』に載る良経の先の歌との関連を考えて見たい。治承三年（一一七九）四月十七日に良経は十一歳で元服し、従五位上に叙せられた。一方、慈円（道快）は前述したようにその頃千日入堂を終えて、九条兼実を訪ねて来た。その席に良経が同席していなかったとは想像しがたい。

『拾玉集』からこの千日入堂の頃の歌を少し紹介してみよう。

たらちねも又たらちめもうせはててたのむかげなき歎をぞする
（孤児となって孤独をしみじみ味わっているのであろう）

みなし子のたぐひおほかる世なれどもただ我のみと思ひ知られて
（少しひがんでいたようだ）
おほかたは世をも人をもうらみじなうき身の程をしらぬにもなる
（思い直して修行に打ち込む決意へと）
とにかくにせむかたもなきわが身かなひとかたならぬ歎のみして
（我が身のことを思うとやはり迷いが出るのであろう）
よしさらば心のままになりななむ心のほかにこころなければ
（心のままでよいと開き直ったのか）
もろともにともなふ人のあらばこそいひあはせつつなぐさめもせむ
（叶うことなきを承知で友を願う孤独さ）
かねてよりふかき山べのひとりゐのさびしかるべきけしきをぞ思ふ
（絶対孤独への諦観か）
思ひわびわびしやとのみいはるるはこやかずならぬ人のことのは
（自戒の弁か）
ふちがはになどやけふまで身をなげぬあるにかひなき世とはしるしる
（少し過激すぎる感慨ではあるが、孤独に対する絶望からか）
かきくらしはれぬ思ひのひまなさにあめしづくともなかれけるかな
（千日入堂の孤独さを訴えているわけではない。もっと本質的な思いからである）

としふれど人かずならぬ身のはぢをすすぎきよめよ雪の下水
（年数で解決出来ない本質的なものをいつまでも拭い切れないのか）
はる山によを鶯のこゑなくは友なきねをやひとりなかまし
（鶯に慰められての孤独の容認か）
身のうさを思ひのとむるかひもなくさわぎ出でぬるわが涙かな
（悟り切れないもどかしさか）
もろともにあはれいつまでなづさひてかかるうき世にすまんとすらむ
（一種の諦めだろうか）
おのづからをしむ人もやあるべきと思ひなすこそおろかなりけれ
（生涯無益、世間無益の心か）
人しれぬなげきのもとにつもりぬる此ことのはをちらさずもがな
（入堂で思索して来たことをこの先忘れぬようにしなければという覚悟か）

これらの感慨は孤児となった歎きだけでなく、人間としての孤独さに対する歎きとそれを超克したいという決意のないまぜの心中を露わにしている。先の良経の『千載集』入集の《さゆる夜の真木の板屋》の孤独感に相通じ合えるような歌群である。良経が次男坊として、九条家の付属物的な扱い（本命の秀才兄良通に恐らくいつも比較されていたことは確かであろう）に人知れず悩んでいる中での慈円の感慨は強烈に良経の心に刺さって来たように思える。とりわけ慈円の《生涯無益》《世間無益》の思いに密やかな賛意を心に潜ませて行ったのではなかろうか。しかも、そのような思いを九条家で口に出すことも育むことすら不可能であったことが尚更良経の心に重くのしかかっていた。この心の曇りは後に政治の表舞台に躍り出てからもくすぶり続けたものと思われる。先の《きりぎりす》の歌に至る前に既に、良経は高い身分を隠すかのように《南海漁父》《西洞隠士》などのペンネームを使って百首歌を詠んだ。特に《南海漁父》の百首歌は慈円との歌合の格好をとって、『南海漁父北山樵客百番歌合』として結実した。後に触れたい。又、《喜撰余流》《志賀都遺民》の名で歌を詠んでいるのが慈円の『拾玉集』に見える。そして良経は《きりぎりす》の歌の他《かたしきの―新古今冬六三五番》《ふか草の―新古今秋上二九三番》あるいは《人すまぬ―新古今雑中一五九九番》といった寒々とした歌を左大臣として政界に復帰した後も詠んでいるのである。これらの歌については《むすび（一）良経のアンソロジー『新古今和歌集』》の節で俯瞰する積りでいる。叔父慈円との交流によって心に残ったものを生涯持ち続けたのであろうが、そのことは更に後々考察して行きたい。

尚、『千載集』収載の第五首、第六首の恋歌については第三章（二）『千五百番歌合』の節で取り上げるので、今は通り過ぎることにする。

（二）『花月百首』と『二夜百首』

建久元年（一一九〇）九月十三夜、良経邸にて良経主催の歌会が催され、出席者は自詠の花五十首、月五十首の題詠歌を講じたと『玉葉』にある（実際には九月十四日の条に《去夜》とある）。《講ずる》とは、《披講》、つまり、自らか、あるいは予め決められた講者が出来上がった歌を読み上げるのである。作者は良経、慈円、有家、定家などであった（後に俊成が詠み手の詠歌より十首ずつを選んで番え判を下したと『玉葉』二十二日の条にある）。歌題は《花》であり、《月》であり、それ以下の題の細分はなかった。良経の百首歌から注目すべき歌幾首かを次に上げてみたい。まずは《花の歌》から始めよう。

《花の歌》

一番　昔誰かかるさくらの花を植へて　吉野を春の山となしけむ
六番　葛木の峯の白雲かほるなり　たかまの山の花さかりかも
八番　さらに又麓の浪もかほりけり　花の香おろす志賀の山風

一〇番　明け渡る外山の梢ほのぼのと　霞ぞかほる越智の春風
一七番　都人いかなる宿をたづぬらむ　主ゆへ花はにほふものかは
一九番　窓のうちにときどき花のかほりきて　庭の梢に風すさむなり
四八番　散る花をなわしろ水にさそひきて　山田のかはづ声かほるなり

一番は『新勅撰和歌集』入集の歌、それ以外の歌について少し論じてみよう。

花の部でまず気が付くのは六番の《かほるなり》、八番の《かほりけり》、一〇番の《かほる》、一七番の《にほふ》、一九番の《かほりきて》、四八番の《かほるなり》など嗅覚にかかわる言葉が目に付くことである。題詠歌は、その題材に対して如何にイマジネーションを働かせて、良い歌を詠むかにかかっている。良経はどうだったのか。『千載和歌集』では視覚と聴覚との融合を試みており、それが功を奏していた。この『花月百首』では右に取り上げたように、視覚と嗅覚との、あるいは聴覚と嗅覚との融合を試みていたように思える。良経は視覚による眼前の景物そのものの描写よりも瞑想の中で視覚以外の感覚を研ぎ澄まし、視覚と他の感覚との融合によって出現した世界の中で歌を作っていたのであろう。右に掲げた歌は正しく視覚と視覚以外の感覚との融合によって、新しい世界が出現している。景物の前で目を閉じてじっと世界をうかがっている良経は正しく瞑想の世界に浸っていたのである。その瞑想の中でその融合を誘発したであろうもの、例えば、《春のさかり》《山風》《春風》《風のすさむさま》《散る花》を思い描いているのである。このような瞑想の世界の出現は彼の仏教的教養——菩薩に課せられた六波羅蜜の一つである禅定（瞑想）――に根差したものだったのであろう。同じ『花月百首』を詠んだ定家の詠み口と比較すれば、良経の特質を更に明確に感じることが出来るのではなかろうか。定家は次のように詠んだ。

さくら花ちらぬこずゑに風ふれててる日もかほる志賀の山ごえ
あくがれし雪と月との色とめてこずゑにかほる春の山かげ
ふりきぬる雨も　しづくもにほひけり花よりはなにうつる山みち
宮人のそでにまがへるさくら花にほひもとめよ春のかたみに
たおりもてゆきかふ人のけしきまで花の匂ひはみやこなりけり
こきまずる柳のいともむすぼほれみだれてにほふはなざくらかな
花の香はかほるばかりをゆくゑとて風よりつらき夕やみのそら
まだなれぬ花のにほひにたびねしてこだちゆかしき春のよのやみ
時こそあれさらではかかる匂ひかはさくらもいかに春をまちけむ

定家の場合は《日もかおる》《こずゑにかおる》《しづくも匂う》《匂い求めよ》《花の匂い》《みだれて匂う》など視覚の対象と嗅覚の対象が同時進行しており、ややもすれば嗅覚の対象は副次的に扱われ、その結果、歌は視覚の対象物に対する叙景歌に過ぎなくなってしまうのである。眼目はあくまで視覚による景物の描写なのである。良経の場合は嗅覚によって視覚の対象物を背面に隠しているように感じられるのに対して、定家の場合はむしろ視覚の対象物を《匂い》という言葉で修飾し、より一層視覚の対象物を鮮明に浮き彫りにしているのである。ここに良経の歌作りと定家の歌作りの違いが明白になろう。定家はいわばレトリックを駆使して対象物を詠い上げ、良経は心象による歌作り瞑想による歌作りを行っていたのではなかろうか。良経が深く仏教に心を寄せていたからであろう。次の歌はそのことの裏付けになろうか。これが良経歌の特質の一つであり、生涯の作歌活動を貫いて行くのである。《花の歌》から覗いてみよう。

二九番　厭ふべき同じ山路にわけきても　花ゆへ惜しくなるこの世かな

三二番　鷲の山み法の庭にちる花を　吉野の峯のあらしにぞ見る

三五番　散る花も世をうきくともなりにけり　むなしき空を映す池水

三六番　色も香もこの世に追はぬものぞとて　しばしも花をとめぬ春風

四五番　明け方の深山の春の風寂びて　心砕けと散るさくらかな

これらの歌は無常という仏教的諦観の色濃い作品群である。定家も散る花を詠んでいるが、その態度とは全く違う。

いかにして風のつらさをわすれなんさくらにあらぬ桜たづねて
櫻花思ふものからうとまれぬなぐさめはてぬ春の契りに

わびつつは花をうらむる春もがな風のゆくゑに心まよはで
花をおもふ心にやどるまくずはら秋にもかへす風の音かな
ちりぬとてなどてさくらをうらみけんちらずは見ましけふの庭かは
あとたえしみぎはの庭に春くれてこけもや花の下にくちぬる
吹風もちるも惜しむも年ふれどことわりしらぬ花のうへかな

完全に鑑賞者としての詠みで、仏教的諦観らしきものは見られない。良経の《月の歌》を見てみよう。

《月の歌》

五四番　さらぬだにふくるは惜しき秋の夜の　月よりにしに残る白雲
五九番　雲消ゆる千里《ちさと》のほかに空冴えて　月より埋む秋の白雪
六八番　わが宿は姨捨山に棲み替へつ　都のあとを月や洩るらむ
七四番　月だにもなぐさめがたき秋の夜の　心もしらぬ松の風かな
七七番　ひとり寝《ぬ》る閨の板間に風もれて　さむしろ照らす秋の夜の月
八二番　濁る世に猶澄む影ぞたのもしき　流れ絶えせぬ御裳濯《みもすそ》の月
八三番　朝日さす春日の峯の空はれて　その名残なる秋の夜の月

九一番　浮世厭ふこころの闇のしるべかな　わが思ふかたに有明の月
九三番　横雲の嵐にまよふ山の端に　影定まらぬ東雲の月

七四番は『新古今和歌集』入集の歌である。これらは必ずしも仏教的諦観を詠っているわけではないが、冴えわたる秋の月に寒々とした良経の孤影を彷彿とさせよう。

九条兼実家の歌の指南役は長いこと六条藤原清輔が担っていたが、清輔が治承元年（一一七七）、良経九歳の時亡くなり、兼実はその後、御子左家藤原俊成に歌の指南役を依頼した。尤も、清輔死後も六条家の者たちが兼実家に出入りしており、特に、清輔の弟の頼輔の娘が兼実の側室になっていた関係からも兼実家では六条家縁の者と御子左家縁の者が出入りしており、バランスのとれた友好的雰囲気が歌の世界で続いていたのである。そのような雰囲気が良経の歌にも影響しているのであるが、良経は俊成に自歌合の判を依頼したように彼を第一の師匠と考えていたことは明らかである。しかし、一方で、叔父の慈円を第二の師匠、歌の友と考えていたことも事実である。彼の仏教的素養は当然ながら、慈円の影響から培われていたことも間違いない。これは定家になかったことである。

次に『二夜百首』について若干触れておこう。

建久元年（一一九〇）十二月十五日、良経は内裏の宿直《とのい》を命じられ、その無聊を慰めようと、定家を誘って百首歌を楽しもうとした。しかし、十五日の宿直中には六十首しか詠めず、残りを十九日に詠み終えた。二夜にまたがったので、『二夜百首』と呼んでいる。しかし、定家の百首は記録されていない。後に、慈円がこの話を聞いて、翌年の正月二十二日、二十三日にそれぞれ五十首ずつ詠んで和したと慈円の『拾玉集』にある。

良経は『花月百首』に自信を得て、この『二夜百首』に臨んだのであろうが、まだ、短時間で、インスピレーションの赴くままの速詠には力不足であったのであろう。ただ、この百首歌からも良経の孤独の姿を読み取ることが出来るであろう。

この百首歌には歌題があって、その歌題に対する題詠歌から構成されているが、その歌題とは《霞》《梅》《帰雁》《照射《ともし》》《納涼》《霧》《鹿》《擣衣《とうい》》《時雨》《氷》《寄雲恋》《寄山恋》《寄河恋》《寄松恋》《寄竹恋》《禁中》《神社》《仏寺》《山家》《海路》の二十題でそれぞれ五首が詠まれている。幾首かを上げてみたい。

梅　　鶯の声のにほひとなるものは　己がねぐらの梅《むめ》の春風

梅　　軒ちかき梅の梢に風すぎて　にほひに覚むる春の夜の夢

帰雁　雨はれて風にしたがふ雲間より　われもありとや帰る雁がね

帰雁　朝ぼらけ人の涙もおちぬべし　時しも帰る雁がねの空

帰雁　忘るなよ　たのむのさはを立つ雁も　いなばの風の秋の夕ぐれ

照射　後の世をこの世に見るぞあはれなる　己が火串《ほぐし》の松につけても

納涼　奥山に夏をば遠くはなれきて　秋の水すむ谷の声かな

納涼　影深き外面のならの夕涼み　ひとき[が]もとに秋風ぞふく

霧　たがやどに深きあはれをしりぬらむ　千里は同じ霧のうちにて
霧　訪れし木の葉散りぬるはてはまた　霧の籬《まかき》をはらふ山風
鹿　野か山かはるかに遠き鹿のねを　秋の寝覚めに聞き明かしつる
鹿　露深き籬の野辺をかきわけて　われに宿かるさ牡鹿の声
擣衣　山がつの谷の棲家に日は暮れて　雲の底より衣うつなり
擣衣　夜もすがら月にしてうつ唐衣　空まで澄める槌の音かな
時雨　片山に入日の陰は射しながら　時雨るともなき冬の夕暮
時雨　過ぎぬるか嵐にたぐふ村時雨　竹のさ枝に声は残りて
氷　大井川瀬々のいわ波音絶えて　井堰の水に風凍るなり
氷　難波潟入江の葦は霜枯れて　氷に絶ゆる舟の通い路
寄雲恋　今宵とていり日の空を眺めわび　雲の迎へを待たぬはかなさ
寄雲恋　恋しなむ身ぞと言いしを忘れずば　こなたの空の雲をだに見よ
寄山恋　姨捨の山は心のうちなれや　たのめぬ夜半の月を眺めて
寄河恋　いかにせむ身を宇治川のあじろ木に　心を寄する人のあるかは
寄松恋　友とみよ鳴尾《なるお》に立てる一松《ひとつ》　夜な夜なわれもさて過ぐる身ぞ
寄松恋　前《さき》の世にいかなる種の結びけむ　憂しとも今は磐城の松
寄松恋　来ぬ人を待つにうらむる夕風に　友思ふ鶴《つる》の声ぞかなしき
寄竹恋　わが友とたのみし人は音もせで　籬の竹の風の声のみ

山家　山里よ心の奥の浅くては　棲むべくもなきところなりけり
山家　山深み人うとかりしとも猿の　友となりぬる身の行方こそ
海路　秋の夜のあはれも深き磯寝《いそね》かな　苫洩る雨の音ばかりして
海路　あはれなり雲につらなる浪の上に　知らぬ舟路を風にまかせて

もとより速詠であるから、佳品を見つけるのはむつかしいが、速詠であるが故の率直な心情の吐露を感じることも出来よう。

そんな中で《忘るなよ》の歌は『新古今和歌集』に入集した。句切れと言い、詞の巧みさと言い確かに斬新な一首である。この歌の本歌は『伊勢物語』十段の姑《しゅうとめ》の歌《みよしの野たのむの雁もひたぶるに君がかたにぞよると鳴くなる》と十一段の男の歌《忘るなよほどは雲ゐになりぬとも空行く月のめぐりあふまで》で、良経はそれを春の歌に翻案している。良経の得意技である。尚、後者の歌は『千五百番歌合』の《めぐりあはん……》の歌の本歌として僧顕昭が指摘している。

その他、特に《朝ぼらけ……》《後の世を……》《訪れし……》《野か山か……》《夜もすがら……》《片山に……》《大井川……》《今宵とて……》《恋しなむ……》《姨捨の……》《いかにせむ……》《友とみよ……》《前の世に……》《来ぬ人を……》《わが友と……》《山里よ……》《山深み……》《秋の夜の……》《あはれなり……》などの歌にもやはり、良経の孤独の影を見るようであると同時に、仏教的諦観らしきものも読み取れよう。特に《姨捨の……》《いかにせむ……》《友と見よ……》《前の世に……》などは《何々の恋》の題の下の題詠歌としてあるが、恋歌というより述懐の歌である。これらは例の人間の絶対的孤独に対するやり切れぬ悲しさの表白である。そして、《山里よ……》の歌は山里に住む喜び、つまりは人里離れた山奥に籠って仏道修行に明け暮れる憧れを詠い、《秋の夜の……》は『千載和歌集』の《さゆる夜の……》と同じ心を詠んだ歌であり、《あはれなり……》は行く末の不安を表すと同時に《山里よ……》と同じ波のまにまに漂うがごとき拘りのない自由な反俗的生活への願望を表していよう。

この年、建久元年（一一九〇）には、良経は二十二歳、正二位権大納言、左近大将、そして、実妹任子の入内に伴っての中宮大夫に任じられていた。他人の羨む朝日が昇るがごとき輝かしい昇進を重ねていたのである。しかし、本人はそのような昇進を苦痛に思っていたのであろうか。心の内は『千載和歌集』以前の良経のそれと同じままで何らの成長もなかったのであろうか。当時も心の内では次男坊として慈円へ憧れた心を持ち続けていたようだ。そして、この先も持ち続けるのである。

定家の『二夜百首』が記録されていないのが誠に残念ではあるが、定家は自ら意図的に削ってしまったのだろうか。その辺りの心情も分かるような気がする。良経の余りに辛気臭い詠い振りに定家は抵抗を感じたのではなかろうか。『花月百首』での両者の詠い振りの違いを見るとそのように想像したくなる。

(三)『六百番歌合』

建久三年(一一九二)、左大将良経二十四歳の時、大規模な歌合を企画し、歌題を決め、主だった歌人たちに出題した。完成は定家が突然翌年二月十三日に母(俊成にとっては妻の美福門院加賀である)を失ったため、大幅に遅れて建久四年か五年にずれ込んだ。『左大将家百首歌合』又は『六百番歌合』と呼ばれるものである。

題は春十五首、夏十首、秋十五首、冬十首、恋五十首の計百首であり、更に細かく分かれている。作者は左方女房である良経の他、季経、兼宗、有家、定家、顕昭、右方家房、経家、隆信、家隆、慈円、寂蓮の計十二人で、六条家に縁のある季経、有家、顕昭、経家、御子左家に縁のある定家、隆信、家隆、寂蓮など両家に縁有る者たちがバランスよく選ばれている。ここに、兼実家での《密密和歌事》で学んだ良経のバランス感覚が生きているのだろう。歌数は一人百首であるから、全部で千二百首となり、これらを左右に番えて六百番の歌合にしたのである。判者は俊成が務めた。この歌合には多くの秀歌が含まれており、後の『新古今和歌集』にはこの歌合から三十四首が入集している(その内、良経歌は十首である)。このように秀歌が生まれたのは一つには流派を超えた本格歌合であったことにもよるのではなかろうか。彼らは兼実家での《密密和歌事》の常連たちで、以来お互いに高め合って来たことがこの本格歌合で結果を生んだのであろう。それでは早速その内容に触れてみたい。もとより数が多いので、良経の歌を中心に若干触れることになる。

《余寒《よかん》》との題で良経の歌

空は猶霞みもやらず風寒《さ》えて雪げにくもる春の夜の月

この歌は寂蓮の《梅が枝の匂ばかりや春ならんなを雪深し窓のあけぼの》と番えられ、俊成は良経の歌を勝ちとした。後に『新古今和歌集』に採歌された秀歌である。寂蓮の歌はやや理屈っぽいであろう。良経の歌、あと戻りつつ前へ進む春の訪れを巧みにとらえた佳吟である。ここには、湿っぽさはないが、《霞》《雪》《月》とモノクロームで仕上げられている。それが却って、心に沁みて来るのである。

《野遊》

都人宿を霞のよそに見て昨日もけふも野辺にくらしつ

この良経の歌は良経らしく感じられよう。例の癖が顔を覗かせているようだ。そして、この歌は慈円の歌《これぞこの春の野辺よと見ゆるかな大宮人のうちむれゆく》と番えられ、俊成は良経歌の《「宿を霞のよそに見て」などいへる姿、誠に宜しく侍るべし》として勝ちとした。慈円の歌には大宮人たちが群れて野遊びをしているのに対し、良経の歌にはそのような雰囲気は感じられない。山部赤人に通ずる自然との一体感を感じさせる一首ではなかろうか。《都人》とは良経自身である。勿論、《宿》とはわが宿の意である。そして、歌の陰の師匠慈円を超えたのかもしれない。

《遊糸《いとゆふ》》（陽炎のこと）

面影に千里《ちさと》をかけて見するかな春のひかりに遊ぶいとゆふ

不思議な歌である。千里先の光景を見せてくれる陽炎とはいかなるものか。陽炎の先に見える揺らいだ世界を良経はどう見たのであろうか。浄土かもしれない。

《遅日《ちじつ》》

秋ならば月待つことの憂からまし桜にくらす春の山里

《遅日》を喜ぶ風情が《月》と《桜》との対照化によって見事に表現されていよう。そして、《くらす》というところに一日だけの花見客ではなく、花の散って行くまで桜と共にいられる山里住まいの喜びを詠っている。ここにも良経の山里への素朴な憧れを知り得るであろう。この歌に番えられた歌は寂蓮の《白雲の八重立つ山の花を見て帰る家路も日ははるか也》であるが、平凡過ぎるだろう。俊成は《「桜にくらす」などいへる下句、をかしく聞へ侍り》として良経歌を勝ちとしている。

《蛙》

雨そそく池の浮草風こえて浪と露とにかはづ鳴くなり

良経の優しさであろうか。無情な風のせいで浮草の葉から飛び散った滴とはたまた風によって引き起こされた池の波の二つを顔に受けながらも蛙は無心に鳴いているという風情であろうか。蛙への同情心がほの見える。良経の歌には単なる池の蛙を詠う叙景歌にない温かさ優しさを感じる。実は良経はこの歌の一年ほど前にも蛙の歌を詠んでいる。建久二年（一一九一）閏十二月四日、良経家にて披講されたいわゆる『十題百首』の中に《風吹けば池の浮草かたよれど下にかはづのねの絶えぬかな》という一首がある。《かたよれど》に、苦境の中に懸命に鳴く蛙の姿が重なり、蛙に対する同情心を感じる。尤も蛙にとって葉の偏りが本当に苦境かどうかは知るところではない。この百首歌には定家、寂蓮の歌も含まれるが、定家の蛙の歌は《なはしろにかつちる花の色ながらすだくかはづのこゑぞながるる》とあり、叙景歌に過ぎず（叙景歌としては佳吟と言えようが）、良経の歌のように蛙に対する感情は見えないであろう。俊成は《「浪と露とに」といへる、殊に宜しく聞ゆ》として良経歌を勝ちとしている。尚、右の歌は寂蓮の《庭の面はひとつに見ゆる浮草をここぞ汀とかはづ鳴くなり》である。俊成は良経歌を勝ちとはしたものの、寂蓮の歌にもその風体の良さに甲乙付け難いとも言っている。敷き詰められた浮草のもとでここが汀であると知らせるかのように鳴く蛙に寂蓮は確かに感情を通わせている。その点でも両歌は甲乙付け難いであろう。

《残春》

吉野山はなの古郷跡たえてむなしき枝に春風ぞ吹く

《むなしき枝》に何となく哀愁を感じると同時にやはり、無常をも感じる。毎年繰り返す当たり前のことであっても、その場に立ち会えば空しい感情に襲われることだろう。良経歌の真髄のような一首ではないだろうか。右歌は慈円の《山の端ににほひし花の雲消えて春の日数は有明の月》であるが、ちょっと理屈っぽい。「春の日数はわずかであると有明の月が出ている」とは時期が晩春にさしかかっていると言っているのだろうが、法師の歌には聞こえないだろう。むしろ良経の方に法師の心があるように思える。この良経歌は『新古今和歌集』に採歌された。

《夏夜》

うたた寝の夢よりさきに明ぬ也山ほととぎす一声の空

斬新な一首であろう。あのほととぎすの独特な鋭い一声で夢を見る前にうたた寝から覚めてしまった。ああ、もう夏の短夜が明けてしまったのかというのである。《うたた寝》に夏の夜の短さを感じるであろう。そして、《ほととぎすの一声》に更に短さを強調させた。《一声の空》とはこれ又斬新である。右歌の作者の寂蓮がこの歌を評して「頗る宜しきか」と言ったのを判者の俊成は「それは判者の言うせりふだ」と難じたが、その判者ですら「頗るに過ぎて宜しきにや侍らん」と言って、良経歌を勝ちとした。それにしても良経は「うたた寝」が好きだ。

《稲妻》

はかなしや荒れたる宿のうたた寝に稲妻通ふ手枕《たまくら》の露

これは女歌である。《稲妻》といっても「夫《つま》」である。誰も通わなくなって荒れ果ててしまった家で夫を思って涙を流しながらうたた寝をしていると、一瞬稲妻が光って涙の中に夫が姿を見せたというのである。はかない切ない女心をとらえた一首である。《稲妻》は秋の季語である。もう一度夏に戻って、

《晩立《ゆうだち》》

入日さす外山の雲は晴れにけり嵐にすぐる夕立の空

清々しい一首である。嵐のような風が吹き、夕立が降って、里の向こうの山に懸かっていた雲が晴れて夕日が覗いているといった平凡な光景ではあるが、とても清々しい。夏の暑さへの一服の清涼剤のようだ。

《蝉》

鳴く蝉の羽に置く露に秋かけて木陰涼しき夕暮の声

判者の俊成は《左の歌、「羽に置く露に秋かけて」などいへる姿詞、殊に艶におかしく侍るかな》と評した。しかし、《秋かけて（秋に先立って）》とか《羽に置く露》などは先行歌があるが、《夕暮の声》は斬新である。のちに掲げる恋の歌にも《秋風の声》というのがある。

《鶉《うずら》》

ひとり寝《ぬ》る葦の丸屋《まろや》の下露《したつゆ》に床《とこ》を並べて鶉鳴く也

《ひとり寝る》《葦の丸屋》は良経の好きな表現なのだろうか。その孤独を《鶉》が癒してくれる。友でも恋人でもない。人間との関わり合いを避けたかったのだろうか。《葦の丸屋》とはみすぼらしい家のことで良経にとっては摂籙家の豪邸より好ましいものだったのか。みすぼらしい家卑しい身分は彼の人生の裏側だからこそそれらに果たせない憧れを見たのかもしれない。しかし、ここに正しく良経文学の原点があるのだろう。だからと言って意識的にこれらに向かって新しい芸術を開拓したとは思えない。むしろ無意識のうちにこのような方向を見出したのではなかろうか。幼少期の摂籙家の環境と慈円の影響とをその要因に挙げることが出来るのではないだろうか。

《秋雨》

降り暮らす小萩がもとの庭の雨を今夜《こよひ》は萩の上に聞くかな

昼間は庭の小萩の上に降り注ぐ雨を見て過ごしたが、夜は暗闇の中で萩の上に当たる秋雨の音を聞いているという風情である。と同時に秋雨のしとしと降り続く風情をも感じよう。視覚から聴覚への移行、というより視覚と聴覚との同質性を訴えたかったのだろうか。このような視覚と聴覚の融合は初期の歌から続いて来た。これも良経歌の特徴の一つであろう。

《秋夕《あきのゆうべ》》

物おもはでかかる露やは袖におく詠《なが》めてけりな秋の夕暮

秋の夕暮時にぼんやりしていると、どうしても物思いに耽って涙が出てしまうというただそれだけの歌ではあるが、それが却って秋の夕暮の哀れさを端的に訴えて人に感動を与えている。この歌は三句で切れて、更に四句で切れて最後は体言で止められており少し技巧的ではあるが、四句切れがとても効果的になっていると言えよう。『新古今和歌集』に入集している。

《秋霜》

霜結ぶ秋の末葉の小笹原風には露のこぼれしものを

秋が深まり葉の先の方に霜が降りて来た。それまでは秋風に吹かれた露だったのにというのである。一首の中に《露》《秋の末》《霜》と時の流れへの驚きを詠み込んだものでとても斬新である。判者の俊成は《左は「霜結ぶ」と置けるより、「秋の末葉」も「小笹原」に事よりて宜聞ゆ。仍《よりて》、左、勝に侍べし》とした。これは右方の隆信の歌にもある《秋の末葉》が何の関わりもなく詠まれたのに対し、良経歌では《秋の末葉》は《小笹原》の末葉（葉の先端）と分かるというのである。

《落葉》

散り果てん木の葉の音を残しても色こそなけれ嶺の松風

紅葉しては葉の落ちて行く落葉樹、紅葉することもなく落葉することもない緑のままの松、人は紅葉を楽しむが、松にだって愛でるところはあるのだと言いたいのだろうか。峰の松風の哀愁漂う風情も良いではないかというのであろう。この番では俊成は左右持（勝負なし）としたが、寂蓮の右歌《時雨ゆく松の緑は空晴れて嵐にくもる峰の紅葉葉》の方は断然華やかである。こちらを好む人も多かろう。時雨れて行くかのような松風に（実際は時雨れていない）紅葉した葉が舞い散って、まるで曇っているようだというのである。良経歌は松風の音に注目し、寂蓮歌は眼前に広がる紅葉の舞い散る圧倒的な光景に注目した。哀愁をか、華美をか、どちらを取っても良いのであろうから《持》は妥当なのかもしれない。ただ、申し加えるとすれば、華やかな紅葉より殆どが裸木となった中で響く松風の音に良経は無常を感じていたのではなかろうか。

《枯野》

見し秋を何に残さん草の原ひとつに変る野辺のけしきに

一面枯野原になってしまっては秋の草花で彩られた野原をどうやって想像出来るだろうかというのである。この番歌には判者の有名な言葉が載っている。右方の隆信が良経の《草の原》とは《聞きよからず》と難じたのを俊成は《源氏見ざる歌詠みは遺恨の事なり》と評したとある。歌詠みを志す者は『源氏物語』を読みこなしていなければならないとのことで、『源氏物語』

（花宴《はなのえん》）の朧月夜の君の《憂き身世にやがて消えなば尋ねても草の原をば問はじとや思ふ》のことを思い出せば、秋の草花の華やいでいた姿が冬枯れと共に一面何も残さぬ花の墓場となってしまい、もう誰も訪れないだろうと朧月夜の君の恨み節に掛けたのである。良経は歌題《枯野》から直ちに源氏の《草の原》を連想し無常観を滲ませ、本歌の恋歌を四季歌へ翻案する得意技を発揮したのである。隆信が源氏を読んでなかったとは考えられないが、《枯野》と出題されても華やいだ草花がやがて枯野に変わるその無常さを感じ取れなかったので源氏を直ちに連想出来ずに平凡な叙景歌に終わってしまった。

《霙《みぞれ》》

風寒み今日も霙の降る里は吉野の山の雪げなりけり

《降る里》とは吉野の天武持統朝の頃あった吉野宮滝の離宮を指すとされている。俊成は《降る里》について『古今和歌集』の歌《ふるさとは吉野の山の近ければ……》に心寄せている。その里では今日も霙が降っている、吉野の山は雪模様だというのである。

《冬朝》

雲深き嶺の朝明《あさけ》のいかならん槙《まき》の戸白む雪の光に

高い峰の朝明はどんなものだろうかと、槙の戸が雪の光で白んで行く中で思ったというのである。朝明が既に始まっている高い峰の状況を雪の反射光でやっと白んで行く槙の戸から想像する。多分彼は高い峰が茜色に染まっているのではと想像しているのだろう。そして、屋敷ではまだ朝明の光は届いておらず、雪の反射光だけに槙の戸が白く浮き上がっていたのである。その鮮やかなコントラストに心が昂っていたに違いない。雪の白さを強調するだけでないところに非凡さがあると言えないだろうか。そして、高い峰を《雪深き》と言わずに《雲深き》と言っているのも斬新である。《雪の光に》としたので《雪》を使えなかったという見方もあろうが、良経には計算があったものと思われる。それは《いかならん》にある。想像であれば嶺は目に見えてはならない。嶺を《雲》で隠したのである。良経歌の魅力の一つは計算尽くされた詞使いの妙にあろう。しかし、今言ったように本当に計算尽だったのか、自然に口をついて出たのかは分からないが、ここに良経の凄さがある。天才的閃きと言うべきだろう。

さて、次に恋歌の部立てに移ってみよう。この百首歌の半分は恋歌である。『源氏物語』から当時の男女関係の奔放さを想像するが、恐らくそれは間違いであろう。一つには光源氏とは雲の上、いや、宇宙的存在で、つまり非現実的存在で、彼の所業は当然許されるべきものであり、現実の人々にとっては実現不可能な所業であったこととまず思うべきである。現代風に考えれば、『源氏物語』の世界はＶＲ（ヴァーチャル・リアリティー、つまり仮想空間）の世界と言えるのではなかろうか。もし、特段の所業ではなく、一般的に行われておれば、あんなにも話題になることはあり得ないだろう。側室を設けることの難しさ、心理的にも経済的にもである。勿論、それが可能な場合のあることは否定は出来ないが、現実にはかなり稀であったと考える方が正しいように思える。その理由はこの恋歌の歌題からも想像出来よう。何故こんなにも多くの歌題を設定したのであろうか。恋がかなり想像の産物だったからである。想像の産物たり得たが故に題詠歌として恋歌が成立していたのである。

恋五十首は五十の歌題で詠まれている。《初恋》《忍恋》《聞恋》《見恋》《尋恋》《祈恋》《契恋》《待恋》《遇恋》《別恋》《顕恋》《稀恋》《絶恋》《怨恋》《旧恋》《暁恋》《朝恋》《昼恋》《夕恋》《夜恋》《老恋》《幼恋》《遠恋》《近恋》《旅恋》《寄月恋》《寄雲恋》《寄風恋》《寄雨恋》《寄煙恋》《寄山恋》《寄海恋》《寄河恋》《寄関恋》《寄橋恋》《寄草恋》《寄木恋》《寄鳥恋》《寄獣恋》《寄虫恋》《寄笛恋》《寄琴恋》《寄絵恋》《寄衣恋》《寄席恋》《寄遊女恋》《寄傀儡恋》《寄海士恋》《寄樵夫恋》《寄商人恋》の五十である。これらの内幾首かを取り上げてみよう。

《初恋》

知らざりし我恋草や茂るらん昨日はかかる袖の露かは

《昨日》はこんなに涙で袖が濡れることはなかったのに今や恋心が募って来たのだろうかというのである。急激にも激しく訪れる初恋の妙を表している。ただ判者は《かかる》ではなく《かかりし》の方がよいという右歌作者の慈円の意見に同調している。しかし、良経は《かかる》に「このような」と「涙のかかる」の両方を掛けていたのであろう。

《忍恋》

もらすなよ雲ゐる嶺の初時雨このはは下に色かはる共

素晴らしい歌である。俊成も《「雲ゐる嶺の初時雨」、心姿、おかしく見え侍り。尤も勝ちとなすべし》としている。ここの《下》とは「心」のことである。又、《もらすなよ》とは恋の相手に言っているというより自分自身へ言い聞かせた戒めの言葉である。だから《下に》が生きて来るのである。勿論、《雲ゐる嶺》より「下」も掛けている。『新古今和歌集』（恋二）に採られている。

《尋恋》

たどりつる道に今宵は更けにけり杉の梢に有明の月

恋人の家を探して道に迷って夜が更けた。杉の木の梢の上に有明の月が出てしまったというのである。判者は《「有明の月」、殊にさびて勝るとや申すべきを、右、「夕暮の空」、又劣るべくも侍らねば、猶持とすべくや》と判じ、両歌勝負なしとした。右歌は慈円の《心こそ行方も知らぬ三輪の山杉の梢の夕暮の空》である。良経歌の方がはるかに優れているように思えるが。

《祈恋》

いくよわれ浪にしをれてき舟川袖に玉ちる物思ふらん

貴船神社に恋の成就を祈るために幾晩も貴船川を渡って波に袖を濡らし、涙で袖を濡らすほどの恋をするのだろうかというのである。判者は《「袖に玉散る」といへるは、殊に宜しく聞え侍るにや》と判じている。『新古今和歌集』（恋二）に採られている。

《稀恋》（逢瀬が稀な恋）

ありし夜の袖の移り香消果ててまた逢までの形見だに無し

前に逢った時のあの人の移り香はすっかり消えてしまって、今度逢うまであの人を思い出すよすがすらない。しかし、この歌は勝負に負けている。右歌は従兄弟の家房の《かき絶えぬ情《なさけ》ばかりはありながら忘るる程の逢ふことぞ憂き》である。俊成は《又、「逢ふまでの形見だに無し」と言ひ果てたるぞ、「憂き」といへるよりも無念（残念な表現）に見え侍り。「ありし夜」も浮きて（歌の内容としっくりしてないように）聞ゆ》と手厳しい。良経歌としては推敲が足りなかったようだ。

《暁恋》

月やそれほのみし人の面影を偲びかへせば有明の月

逢瀬の短かったことを暁時の薄く見える有明の月にたとえたものである。月は間もなく朝明けと共に消え行くのである。良経歌は自然の風物を詠み込むと生き生きして来るのだろうか。

《夜恋》

見し人のねくたる髪《がみ》の面影に涙かきやる小夜《さよ》の手枕《たまくら》

《ねくたれ髪》とは非常にエロティックだ。尤も彼の専売特許ではない。夜の契りが生々しく伝わって来よう。俊成はむしろ《涙かきやる小夜の手枕》に注目して勝ちとした。定家の『新勅撰和歌集』（恋三）に採られた。

《寄月恋》

袖のうへになるるも人の形見かは我と宿せる秋の夜の月

袖の上に宿りなれた月の光はあの人の形見だろうか、いや、私の流した涙に宿っている秋の夜の月だという、失恋の歌である。少し平凡過ぎようか。右方の経家も判者の俊成も難無しとだけコメントしている。

《寄風恋》

いつも聞く物とや人のおもふらんこぬ夕暮の秋風の聲

これは判者の俊成によって負けとされた。その理由の一つには《こぬ夕暮》の主語がはっきりしてない。そしてもう一つは《秋風の聲》も新し過ぎるのではというのであるが、これらは俊成の眼鏡違いである。というのは『古今和歌集』（恋五）に《こぬ人を松ゆふぐれの秋かぜはいかにふけばかわびしかるらむ》があって、「来ぬ人を待つ」ことは明らかである。もう一つの《秋風の聲》の表現はそれこそ斬新で良経歌の特質である。『新古今和歌集』（恋四）に採られた佳吟の一首であろう。

《寄河恋》

吉野河はやき流れを堰《せ》く岩のつれなき中に身を砕くらん

吉野河の速い流れのようなわが恋心を岩のように堰き止めるあの人のつれなさに身が砕けてしまうだろうというのである。『新勅撰和歌集』（恋一）に採られている。

《寄木恋》

思ひかねうちぬるよひもありなましふきだにすさべ庭の松かぜ

恋い焦がれる思いに堪えかねてうとうとと寝てしまう夜もあるだろう、せめて庭の松風よ、吹き弱まってくれ、夢の中で逢いたいからというのである。《思ひかね》は「思い堪えかね」で、《すさべ》は「荒ぶ」の命令形で、「荒ぶ」「荒む」は古語では現代語と逆に「弱まる」の意である。『新古今和歌集』（恋四）に採られている。

《寄席恋》（「席」とは「むしろ」のこと）

人待つと荒れゆく閨のさむしろに払はぬ塵を払ふ秋風

女歌である。あの人を待っていても来てくれないので閨のさむしろに塵が積っている、わたしはそれを払わないのに秋風が払って行くという女心の侘しさを詠んだものである。《秋》は「飽き」でもある。先の《こぬ夕暮の秋風の聲》の《秋》も「飽き」でもある。

《寄海人《あま》恋》

潮風の吹きこす海人の苫《とま》びさし下に思ひのくゆる頃かな

潮風の吹いてくる海人小屋のひさしの下で思いの火がくすぶる頃かというのである。俊成は《「吹きこす海人の苫びさし」、優にこそ侍れ》と判じた。《下》は「下」と「心」を、又《くゆる》は「恋心」と「もしほ火」が「くすぶる」を意味していることは論を俟たない。

以上をもって『六百番歌合』を終えるが、最後に一つ付け加えておきたいことがある。冒頭で述べたように良経歌は『新古今和歌集』に十首入集した。更に定家の撰した『新勅撰和歌集』に四首が入集しているが、その内訳は『新古今和歌集』では春上、下、夏、秋上に夫々一首、秋下に二首計六首、恋二、恋四にそれぞれ二首計四首、四季と合わせて十首となる。一方、『新勅撰和歌集』の場合は恋一に一首、恋三に二首、恋五に一首の計四首である。定家は主情性の強い良経歌の四季の歌には興味を覚えず、仮構性の強い恋歌を高く評価したのだろうか。ここに、作風の違いをはっきり読み取ることが出来るように思える。このことは『新古今和歌集』撰集の際にも言えるかもしれない。『新古今和歌集』に採歌されたこの十首の撰者についてみると、恋部四首はすべて定家も撰歌に加わったが、四季部六首のうち定家の撰歌は二首で、残り四首は後鳥羽院及び藤原有家（六条家派）による撰歌であったことから、この時点（『六百番歌合』）の良経の歌作りは新しい方向を目指すというよりか、むしろ伝統的な歌作りを目指していたようである。

（四）『南海漁父北山樵客百番歌合』

良経の歌集『秋篠月清集』に『南海漁父百首』があり、又、慈円の『拾玉集』には『百番歌合』があって、南海漁夫と北山樵客とが歌を合わせるという内容となっている。この歌合はその名称と言い、歌を合わせた歌びとの名称と言いいろいろと考えさせられることが多い。まずはこの『百番歌合』の跋文から見て行きたい。

《それ和歌は鼓舷鼓棹《こげんことう》の歌（舟歌の意）にはあらず採薪採芝《さいしんさいし》の歌（樵歌の意）にもあらず、ただ心を四序（四季の意）に遊ばせ、思いを万里に放つの業なり、而して今南海に一漁夫北山に一樵客あり、山海を隔てたるといえども契り猶芝蘭《しらん》（君子の間柄の意）を結ぶがごとし。よりてここに分に従い百番の篇什を綴り、その終わり一首の贈答を得たり。左は風波月浦の冷により、以って心水（心と同意）の眇焉《びょうえん》（はるかなさまの意）を表し、右は松嶺竹渓の寂により、以って意根（思いの意）の森然（おごそかなさまの意）を抽《ひ》く（引き出すの意）。これすなわち内に住吉の霊睠《れいけん》（不思議な恵みの意）を仰ぎ、外に人丸の遺塵に慣るるの故なり。もし披聞

（聞は閲の誤りか――開いて調べて見るの意か）の客あらば宜しく優劣の詞を決すべきのみ。
建久五年仲秋（八月の意）これを記す》とある。

左方南海漁夫（良経）と右方北山樵客（慈円）とが海と山というそれぞれの居所にあって舟歌とか樵歌とか、職業柄歌う仕事歌ではなく四季の自然の妙に感じ入って詠い合ったというのである。ここで、一体これらのペンネームと思しき名称がどのような意味と意図を持っていたのであろうか。まずは南海と北山の意味するところは何であろうか。南都北嶺《なんとほくれい》という言葉があるが、それは比叡山（天台宗延暦寺）を北嶺といい、奈良興福寺を南都と言ったのである。興福寺は藤原氏の氏寺であるから、良経とつながる。慈円は無動寺の天台座主であるから北嶺の座主である。南海漁夫、北山樵客は、良経を表し、慈円を表している。この限りでは特に問題にすることではないが、しかし、良経はこの時左大将であったのだから藤原九条良経左大将を名乗り、慈円は当然無動寺天台座主慈円を名乗っても良い筈であるが、二人は妙なペンネームを使った。跋文から二人が風流をかこったのであろうことは理解出来る。風流のために実際の身分を離れて卑しい身分に身を落とし（表舞台を降りて密かに）歌の世界に沈潜したかったのである。なぜ、表舞台を降りたかったのであろうか。ここが問題であろう。

良経は海を知らない筈である。彼が伊勢へ赴くのは建久六年（一一九五）二月二十九日であり、跋文表記の成立時以後である。そして、《漁夫》と《漁父》との関係である。慈円の『百番歌合』では漁夫、良経の『百首歌』では漁父になっており、何がしかの意図があったのだろうか。《漁父》は《老漁夫》の意で、一種の敬称であるから良経自ら名乗ることはない。多分、定家など後の世の人が『秋篠月清集』を書写した時に良経に敬意を表さんがために書き換えられたのであろう（彼の『自歌合』――『後京極殿御自歌合《ごきょうごくどのおんじかあわせ》』――に《御》を付したのと同じであろう）。その点慈円にはその必要はなかったので、元の表記が残ったのである。抑々は良経が進んで卑しい身分に身を落とし慈円に百首歌による歌合を仕掛けたのだから、良経が自ら南海漁父を名乗ることはない。慈円は良経の意図を察し、自らも北山樵客となって、良経の百首歌に和して歌合の形にまとめたのである。ここに、一応『南海漁父北山樵客百番歌合』が成立したように思える。

しかし、《終わり一首の贈答を得たり》と慈円がしているのは作文であろう。後に成立する『後京極殿御自歌合』に《百首――これこそ南海漁夫百首である――の歌よみて無動寺座主のもとにつかはしける折に》との詞書の下にこの贈答歌のうち良経の《和歌の浦の契も深しもしほ草沈まむよよをすくへとぞ思ふ》が採歌されている上、良経の『南海漁父百首』にも百首目に既にこの歌が載っているから、この歌合のために改めて詠まれたものではなく、既に詠まれていたのである。良経の百首が一括して送られたのではないのか。

さて、成立年次のことである。跋文の《建久五年（一一九四）八月》成立は事実ではないだろう。というのは建久六年三月四日の伊勢参宮の歌（八十六番）がこの歌合には含まれているからである。しかし、良経の『秋篠月清集』に載る『南海漁父百首』にはこの伊勢参宮の歌はない。従って、良経の『南海漁父百首』は建久五年八月以前の成立で、『歌合』は良経の百首歌を基に慈円によって歌合へと編纂され、一応、跋文表記の年次に出来上がった。しかし、その後、歌の切り入りがあって最終的には建久六年三月以降に慈円によって編まれ直されたのではなかろうか。しかし、その時跋文を敢えて直さなかったものと思われる。企画された年次を尊重するためであったのであろう。

そして、《南海漁夫》というペンネームは百首歌を計画した時には未だなかったものと思われる。何故なら二つのペンネームを思わせる歌は最初の次の一番だけなのである。百首歌がほぼ出来上がった頃に良経はこのペンネームを考え付いてそれに合わせて歌を詠み、一番に据え慈円に送ったのであろう。跋文にあるような内容にはなっていないからである。

左　四方《よも》の海かぜものどかになりぬなり　浪のいくへに春のたつらむ
右　山ふかみあやしくかすむ梢かな　わがかよひぢに春やきぬらむ

もし、良経自らが歌合企画以前に早々と《南海漁夫》を考え付いて、慈円にこの百首歌を送ったとすれば、それ以前に彼の百首歌に伏線があってもよいであろう。

『南海漁父百首』に至るまでの良経の百首歌は『花月百首』『二夜百首』『十題百首』『左大将家百首歌合（六百番歌合）』の四つである。これらに《南海漁父》を思いついたヒントがあるのであろうか。『花月百首』の《月》の歌の中に、

六〇番　清見潟はるかに沖の空はれて　浪より月のさえ上るかな

六一番　潮風に与謝の浦松音ふけて　月影よする沖つ白波
六二番　あはれいかに心ある海人の眺むらむ　月影かすむ塩釜の浦
六三番　なるみ潟荒磯《あらいそ》浪の音はして　沖の岩こす月の影かな
六四番　むしあけの瀬戸の潮干の明け方に　浪の月影遠ざかるなり
六五番　思ひやる心にかすむ海山も　ひとつになせる月の影かな

の海に関する歌が六首もある。《月五十首》の中では多い方である。都に住み、殆ど京外に出て海に接する機会のない彼にとって海は憧れの光景ではなかっただろうか。又、『二夜百首』には次のように《山家五首》と《海路五首》とが対峙するかのように五首ずつ置かれているが単なる旅路の山と海の詠歌に過ぎない。山は慈円の無動寺から実感出来た。海は絵画の世界、物語の世界ではあったが、良経は海を山と同じように題詠歌として扱ったのである。未だ漁夫と樵客との掛け合いというアイディアはなさそうである。

《山家五首》

山里よ心の奥の浅くては　棲むべくもなきところなりけり
自づからたよりに聞けば都には　わが棲む谷を知る人もなし
奥の谷にけぶりも立たばわが宿を　猶浅しとや棲みうかれなむ

山深み人うとかりしとも猿の　友となりぬる身の行方こそ
心ありし都の友も山人と　なりて思へば岩木なりけり

《海路五首》

明石より浦伝ひ行く友なれや　須磨にも同じ月を見るかな
播磨潟おりよき今朝の船出かな　浦の松風声弱るなり
秋の夜のあはれも深き磯ねかな　苫もる雨の音ばかりして
鴎浮かぶ波路はるかに漕ぎ出でぬ　よそめばかりの沖の友船
あはれなり雲につらなる浪の上に　知らぬ舟路を風にまかせて

その後、建久二年（一一九一）閏十二月に成立した『十題百首』について少し概観してみると（『十題百首』の『新古今和歌集』入集歌については《むすび》（一）良経歌のアンソロジー『新古今和歌集』の項を見てほしい）、歌題の一つ《居処》の中に、

夕凪に浪間の小島あらはれて　海人の伏屋《ふせや》を照らすもしほ火

がある。又、《草部》には、

難波潟まだうら若き葦の葉を　いつまた舟のわけわぶるまで

があるが、それ以上海に関してはない。ここにも漁夫や樵客のアイディアはない。ただ、『十題百首』には妙な歌題があるので少し寄り道をしたい。《獣部》《虫部》などの歌題には次のような歌が含まれ、良経が彼らと共感しているさまをうかがうことが出来るのではないだろうか。

○たぐへくる松の嵐やたゆむらん　をのへにかへるさをしかの聲
夜の雨のうちも寝られぬ奥山に　心しをるる猿のみさけび
あらくまの棲みける谷をとなりにて　みやこに遠き柴の庵《いほ》かな
世の中に虎狼は数ならず　人のくちこそ猶まさりけれ
わが宿の春の花ぞの見るたびに　飛び交ふ蝶の人なれにける
風吹けば池の浮草かたよれど　下にかはづのねの絶えぬかな
露そむる野辺の錦のいろいろを　はたおる虫のしたり顔なる
ふるさとの板間にかかる蓑虫の　洩りける雨を知らせ顔なる

これらの歌は生き物をただ配した題詠歌ではなく、生き物と心を通わせている風情がみられ、良経の心の優しさを感じるであろう。《たぐへくる》の歌は『新古今和歌集』に入集した。又、《風吹けば》の歌は前節で触れている。

『十題百首』の結びには《釈教十首》が置かれている。『南海漁父百首』とは関係ないが、ついでに一瞥しておこう。この十首はいわゆる六道に輪廻転生《りんねてんしょう》する迷いの六世界と声聞《しょうもん》・縁覚《えんがく》・菩薩・仏の悟りの四世界の計十界を歌題としたものであるが、良経は《人界》《声聞》《縁覚》のそれぞれに対して次のように詠んでいる。《声聞》とは自己の悟りのみに専念して修行する者、《縁覚》はひとりで悟りを開こうとする者のことである。

夢の世に月日はかなく明け暮れて　又はえがたき身を如何にせむ

はてもなく空しき道に消えなまし　鷲の御山の法にあはずば

○奥山にひとりうきよはさとりにき　つねなき色を風にながめて

これらの歌から良経が無常観に深く心を寄せていたことを知ることが出来よう。彼の歌から特別な哀愁味が醸し出されていると感じられるとすれば、その基底に仏教的諦観があるからであろう。先に掲げた虫や畜生への優しさも仏の説く《生きとし生けるものへの慈悲心》から生まれ出ているのであろう。《奥山に》の歌は『新古今和歌集』入集歌である。

次に企画された百首歌は『六百番歌合』ではあるが、既に述べて来たように、特に歌題として《海》を取り上げてはいないが、《寄海人恋》《寄樵夫恋》という歌題が設けられて、漁夫樵客への第一歩の感がする。

《寄海人恋》

良経　潮風の吹きこす海人の苫びさし　下に思ひのくゆる頃かな
慈円　潮たるる袖にあはれの深きより　心に浮かぶ海人の釣舟

《寄樵夫恋》

良経　恋路には風やはさそふ朝夕に　谷の柴舟行帰れども
慈円　賤《しづ》の男《お》よ思ひはわれもこりぬべし　をのが苦しき妻木ならねど

が詠われている。『六百番歌合』はこの『南海漁父北山樵客百番歌合』の直近のものであるから、既に良経には《漁夫》と《樵客》とを番わせたいとの淡い意図があったものと想像されよう。ただ、《南海漁夫》というペンネームは前述したように後で決まったのではなかろうか。良経にとってペンネームより歌題の方に関心があったからである。

良経は『六百番歌合』の全体の出来には満足していたが、自分の思いの表白には何となくしっくりしないものを感じていたのではなかろうか。一つには『六百番歌合』はいわば公の歌合であり、自分流に企画することが憚られると思っていたのであろう。それは歌題を見れば頷けよう。『六百番歌合』では《四季五十首》《恋五十首》だけである。四季歌は良経の得意な主情性の強い歌題であるのに対して恋歌は当時は仮構性の強い歌題で、良経の余り好む題材ではなかった。しかし、慈円との歌合では自分の思いの丈を素直に表白したいとの思いがあり、この『南海漁父北山樵客歌合』では《四季五十首》《恋十五首》《羇旅十首》《山家十首》《述懐十五首》と後半《恋》の部を大幅に削って、新しい部立を加えるという構成へと変わったのである。「旅の哀れ」も「山家生活」も「内心の表白」も「恋」と同じ重みをもたせたのである。この構成は勅撰和歌集の伝統に近いものであるが、良経にとっては新しい企画であった。見方によっては良経がいろいろな歌題に対応してみたいとの意思の表れでもあったのかもしれない。その手始めに歌合の相手に慈円を選んだとも考えられるが、同時に、自分の内心にある思いの丈を尊敬する叔父と内々に詠み交わしたいとの思いも強かったのであろう。歌題は良経が決めたのである。そして、百首を慈円に送ったのである。そう考えるならば、この『歌合』は良経の心の内奥を覗くには絶好の歌合と言えないだろうか。慈円は良経の心内を察し、跋文で《左は風波月浦の冷により、以って心水の眇焉を表し、右は松嶺竹渓の寂により、以って意根の森然を抽く》と言った。これは私的な歌合であると断言したようなものである。良経は公に出来ない思いの丈を気心の知れた叔父にだけ内々にぶつけたかったと考えると歌題の設定の仕方も頷けようか。結びの歌《和歌の浦の契も深しもしほ草沈まむよよをすくへとぞ思ふ》の《沈まむよよをすくへとぞ思ふ》にその良経の真意が集約されているようにも思われる。《よよ》とは何を指していたのであろうか。主情性への回帰だったのではなかろうか。
まず、この『南海漁父百首』の四季の部分から後に自ら編纂した自歌合（詳しくは後述の第二章（二）『後京極殿御自歌合』を見てほしい）に採入した幾首かを取り上げて見たい。尚、番号は歌合の番号で通し番号ではない。良経の歌のみに特化したいためである。

《春》

一番　四方の海かぜものどかになりぬなり　浪のいくへに春のたつらむ

春の喜びと北山樵客との歌合の喜びをも詠っているのであろう。開巻の歌に相応しい。

四番　難波津にさくやむかしの梅《むめ》の花　いまも春なるうら風ぞ吹く

『古今和歌集』の仮名序にある《なにはづにさくやこのはな冬ごもりいまははるとさくやこの花》が本歌であるが、その小書きに「この花とはむめの花」とある。良経はそのことを踏まえている。慈円の番えた歌は《としをへて春にたちそふ朝霞いくよの冬をへだて来ぬらん》で、両首とも悠久に繰り返される自然の仕組みへの感嘆の念が強く感じられる。

五番　春の色ははなともいはじ霞より　こぼれてにほふ鶯の聲

《霞よりこぼれてにほふ鶯の聲》は良経らしい。本歌の『拾遺和歌集』四〇番の《こぼれてにほふ花ざくらかな》と六番の《まだうちとけぬ鶯の聲》とを組み合わせたが、良経の場合は視覚を《霞》で隠し、聴覚と嗅覚を融合させて詠っている。《にほふ》を強調したいがために冒頭《春の色》と置いたのだろうか。《はなともいはじ》と言うが、鶯の鳴き声が梅花の香りを運んで来るのだから、やはり、花への喜びを言っていることは確かである。

七番　春はただおぼろ月夜と見るべきを　雪にくまなきこしの白山《しらやま》

春は朧月夜というのに雪明りで《白山》がはっきり見えた、春未だしと嘆くのか。

九番　いまはとて山飛こゆるかりがねの　涙露けき花のうへかな

この歌の本歌は『古今和歌集』(一二一番)であるが、涙は本歌のものとは違う。良経歌の涙は雁の落としたものではない。折角咲いた花を愛でることもなくさっさと帰って行く雁への花の悔し涙である。《涙露けき》は《花》への形容であり、《うへ》は正しく《雁》の飛ぶ《花》の《上》である。後の『正治二年初度百首』にも《帰る雁いまはの心有明に月と花との名こそをしけれ》があり、《いまはとて》の歌も同じ思いを詠んでいる。

一五番　春や今あふ坂こえてかへるらん　ゆふつけ鳥の一聲ぞする

春は逢坂山を越えて東へ行ってしまうのだろうか、一番鶏の聲がするというのである。

《夏》

二〇番　名残までしばし聞けとや郭公《ほととぎす》　松のあらしに鳴きてすぐなり

強い風でかき消されるだろうが、最後まで聞いてほしいと願う郭公への連帯の思いのこもるような良経らしい一首であろう。

《秋》

〇二七番　暮れかかるむなしき空の秋をみて　おぼえずたまる袖の露かな

『新古今和歌集』入集歌である。《むなしき空》とはいかなる空か、虚空のことか。『後京極殿御自歌合』にも《何ゆゑと思ひもわかぬたもとかなむなしき空の秋の夕暮》がある。

三一番　はるかなる常世はなれて鳴く雁の　雲の衣に秋風ぞ吹く

雁は《常世》のような遠い国から来ると思われていたのだろうか。後の『正治二年初度百首』には《とこよ出でし旅の衣や初かりの　つばさにかかる嶺の白雲》がある。

三九番　真野の浦の浪間の月を氷にて　をばなが末にのこる秋風

白々と水面《みおも》に映る月、その傍のススキの穂にはわずかに秋風が吹いているというのであろう。正に秋の終わりの侘しさである。モノクロームの美しさ凄さがある。

《冬》

四一番　月やどす露のよすがに秋暮れて　たのみし庭は枯野なりけり

庭の草葉の露に月の光が映って美しいと楽しんでいた秋が終わって、その庭も枯野になってしまったというのである。『六百番歌合』の《草の原》が思い出されよう。

○四四番　消えかへり岩まにまよふ水のあわの　しばし宿かるうす氷哉
この歌も『新古今和歌集』に入集した。《まよふ》は良経らしい。
○四六番　枕にも袖にも涙つららゐて　結ばぬ夢をとふ嵐かな
《とふ》は「問ふ」で、すなわち「訪《おとな》う」である。恋歌のようにも聞こえようが、冬の歌である。世の無常を思っての涙か。この歌も『新古今和歌集』に入集している。
それではこの『歌合』の後半部分を見てみよう。

《恋》
五一番　おほかたにながめし暮の空ながら　いつよりかかる思そめけん
五二番　それもなほ風のしるべは有物を　跡なき浪の舟のかよひぢ
五三番　鳰どりのかくれもはてぬさざれ水　下にかよはむみちだにもなし
五八番　くちぬべき袖のしづくをしぼりても　なれにし月や影はなれなん

六〇番　秋の田のかりねのはても白露に　影みしほどやよひの稲妻

《稲妻》の歌は前節にもあった。この歌極めて技巧的である。《かりね》は「刈根」と「仮寝」を、《白露》は「秋の田の露」と「仮寝の涙」とを、《影》に「稲妻」と「恋人の面影」とを、そして、《稲妻》には「妻又は夫《つま》の面影」も掛けている。ここでは妻かもしれない。これらの歌には恋のエネルギーが感じられないが、良経らしい恋歌である。

《羇旅》

○六六番　もろともに出でし空こそ忘られね　都の山の有明の月
六七番　菅原や伏見に結ぶささ枕　ひと夜の露もしぼりかねつる
六八番　まだしらぬ山より山にうつり来ぬ　あとなき雲の跡をたづねて
六九番　いはが上の苔のさむしろ露けきに　あらぬ衣をしける白雲
七〇番　また人の結びすてける野べの草　ならぶ枕と見るかひぞなき
七一番　高砂の松も別れや惜しむらむ　明行く浪にあらしたつ也
七二番　清見潟ひとりいそねの秋の夜に　月も嵐もころぞかなしき
七三番　たもとこそ潮くむ海人と友ならめ　同じもくづの煙《けぶり》たてつる
七四番　わすれずは都の夢や送るらむ　月は雲井を宇津の山越え

七五番　故郷に主《ぬし》やいづちと人とはば　東《あづま》のかたを夕暮の月

何故恋の歌を削って、旅の歌を十首も入れたのだろうか。彼の旅は当てのない漂泊の一人旅で友は月であり、雲であり、風であった。都での政治家としての公の生活の煩わしさを逃れて生きたいと願う彼の心情が旅へと誘ったのであろう。しかし、完全に都を捨てきれぬ良経の心も覗かせている。それは都を出たときに連れ添った《都の山の有明の月》といい、都に残して来たあの人が《わすれずは都の夢や送るらむ》と都人としての未練の程をちらつかせているからである。尚、六六番は『新古今和歌集』に入集している。

《山家》

七六番　おのれだにたえず音せよ松の風　花ももみぢも見ればひととき
七七番　おりおりのみ山を出る鳥の声　ながめわびぬと人に告げこせ
七八番　山ふかみ露おく袖に影見えて　木のま分け行く有明の月
七九番　山かげや友をたづねし跡ふりて　ただいにしへの雪の夜の月
八〇番　みよし野の槇たつ山にやどはあれど　花見がてらの訪れもなし
八一番　爪木《つまき》おるたよりに見れば片山の　松のたえまにかすむ故郷
八二番　しめてけり朝けのけぶりたてそめて　となりとなれる杉のいほかな

八三番　心をぞうきぬる物とうらみつる　たのむ山にもまよふ白雲
八四番　この里は雲のやへたつ峰なれや　ふもとにしづむ鳥の一声
八五番　待つ人のしるべばかりのしをりせば　かへりいづべき身とやしられん

《花ももみぢも見ればひととき》は無常観の表白であり、松風の音に叶わぬ不変の世界への憧れを詠む、あるいは、《花見がてらの訪れもなし》と山がつの宿には一顧だにしないと嘆く一方で、《ながめわびぬと人に告げこせ》《松のたえまにかすむ故郷》と人恋しさと都への思いをも告白するという少し中途半端な感情も表している。八五番の歌にも内心待ち人に来て欲しいようで、そう知られたくはないと強気を述べているのはやはり、修行僧になり切れない都人の我儘なようにも受け取られるのではなかろうか。良経は本質的には都人ではあるが、完全にはそうなり切れない公的生活での圧迫を常に感じていたのであろう。そして、結びは《述懐》という歌題で締めくくっている。

《述懐》

○八六番　神風やみもすそ川のそのかみに　契しことの末をたがふな
八七番　あきらかにむかしの跡をてらさなん　いまも雲ゐの月ならば月
八八番　日をへつつたみの草ばの枯れ行くに　めぐみの雨をいかでそそがむ

八九番　はかなくも花のさかりを思ふかな　浮世の風はやすむまもなし
九〇番　さてもさはすまばすむべき世の中の　人の心のにごりはてぬる
九一番　思ひとけばこの世はよしや露霜を　結びきにける行く末の夢
○九二番　われながら心のはてをしらぬかな　すてがたきよの又いとはしき
九三番　人の世はおもへばなべてあだし野の　よもぎがもとのひとつ白露
九四番　おほかたの夢をこの世と見てしかば　おどろかぬこそうつつなりけれ
九五番　山寺の暁がたの鐘の音に　ながきねぶりをさましてしかな
九六番　月のすむ都はむかしまどひいでぬ　いくよかくらきみちにめぐらむ
九七番　心こそうき世の外のやどなれど　すむことかたき我が身なりけり
九八番　さりともと光はのこる世なりけり　空行く月日法のともし火
九九番　水上にたのみはかけき佐保川の　末の藤浪なみにくたすな
一〇〇番　和歌の浦の契も深しもしほ草　沈まむよよをすくへとぞ思ふ

注：九二番の《すてがたき》は『新古今和歌集』では《すてられぬ》となっている。

八六番の歌は良経の『南海漁父百首』では《君が代に出む朝日を思ふかな五十鈴が原の春の曙》となっており、先の成立事情で触れたようにこの歌を後に『歌合』では《神風やみもすそ川のそのかみに契しことの末をたがふな》に差し替えたのである。この《神風や》の歌は『玉葉』によれば良経が建久六年（一一九五）二月二十九日に東大寺供養報告のため伊勢神宮に幣帛を奉るべく伊勢公卿勅使として伊勢へ遣わされた時、三月四日に詠まれたものである。この時は定家が従って外宮で詠んだ歌が良経の歌と並んで『新古今和歌集』にある。この《神風や》の歌はその昔、藤原氏の祖天児屋根命が天照大神と君臣の契りを結んだその約束をこれからも忘れないで欲しいというものであり、藤原氏の末永い繁栄を祈ったのである。又、九二番の歌も『新古今和歌集』に入集しているが趣は逆である。

実は、この述懐歌はその内容から次の三つの《述懐》部分から成り立っていることが一瞥して感じられよう。

(一)藤原家の繁栄を願った歌群(八六番、八七番、九九番)(二)世の中の乱れを嘆いた歌群(八八番、九〇番、九四番、九六番、九七番、九八番、一〇〇番)(三)仏教的無常観、諦観を詠んだ歌群(八九番、九一番、九二番、九三番、九五番)

尚、八八番も『歌合』の際差し替えられた歌である。これは歌としてあまりに直截であるとして詠み直さなむさてこそしばし国を治めめ》である。元は《神をあがめ法をひろむるよならなむさてこそしばし国を治めめ》である。意味するところは大同小異である。

これらの歌群から良経が当時の国の乱れを嘆くと同時に藤原家の非力無力をも歎き仏道修行に逃げ込もうとしている姿が彷彿として来ないだろうか。他人——特に現代人から見れば何一つ不自由のないと思われる摂籙家の跡取りにも様々な悩みのあったことをこの『歌合』から読み取ることが出来るようである。

この『南海漁父百首』からは五首の歌が『新古今和歌集』に入集しており(〇印)、重要な百首歌であったと言える。尚、八六番は良経のこの『百首歌』にはなく、彼の歌集『秋篠月清集』にあるので、この『百首歌』からは除外した。

(五)『治承題百首』

『玉葉』によれば兼実は治承二年(一一七八)三月二十日から六月二十九日の間、十日毎に二歌題五首ずつ計百首を季経、頼政、盛方、資隆らと詠んでいる。いわゆる『右大臣家百首歌』ではあるが、その全容は不明で『千載和歌集』一六〇番歌に《右大臣に侍りける時家に百首歌よませ侍りけるに……》という詞書で兼実の歌があり、計五首がこの時のものとして収載されている。この他に《百首歌よませ侍りける時に……》という詞書のある歌が三首ある。これらは詞書からは『右大臣家百首歌』ではないようだが、その歌題から見ると関連があるようにも思われる。兼実の『千載和歌集』入集歌は十五首あるから、三分の一が少なくともこの『右大臣家百首歌』から採られたことになる。かなり重要な位置づけと言えよう。歌題は《立春》《初恋》《鶯》《忍恋》《桜》《初遇恋》《郭公《ほととぎす》》《後朝恋《きぬぎぬ》》《五月雨》《遇不遇恋》《月》《祝》《草花》《旅》《紅葉》《述懐》《雪》《神祇》《歳暮》《釈教》の二十題である。

良経は父の百首歌に倣って『治承題百首』を詠んでいる。その詠歌時期は《神祇》の部に

《鈴鹿川八十瀬白浪分過ぎて神路の山の春を見しかな》(『後京極殿御自歌合』にあり、後に触れたい)があり、この歌は建久六年(一一九五)三月四日以降のものであるから、それ以後の成立となろう。しかし、それ以上は不明である。詠い振りは前半それほど深刻ではないが、後半は沈み込んだ心が見えるから、全体は、決して政治的不安のない華やいだ時期の作ではなかろう。長期にわたって詠作されたようにも思える。多分、『南海漁父北山樵客百番歌合』の完成直後に詠い始められ、いわゆる建久七年(一一九六)十一月二十五日の《建久の政変》の直前頃に急遽まとめられたのではなかっただろうか。その意図するところは政治的に不穏な空気を察し、治承の頃の父の偉大さを顕彰しようとしたものだったのであろう。『南海漁父北山樵客百番歌合』が叔父との連帯を目指したように、この『治承題百首』は父との連帯を強く意識して企画されたものと思われる。従って『千載和歌集』に載る兼実の歌と比較しながら良経の歌を見て行きたい。兼実が『右大臣家百首歌』を企画した時良経はまだ十歳に過ぎなかったから、表立ってこの歌会に参加することはなかったであろう。従って、その全容を知ったのは恐らく建久の頃であろうか。そうでなければもっと早くに企画されていた筈である。勿論、『千載和歌集』に載る父の歌は以前から承知していた。

この『百首歌』の前半での歌には後ろ向きの傾向はあまり見られなく、むしろ威勢のよさをも感じさせる歌もあるから、企画当初は九条家の将来に不安はなかったのかもしれない。歌題は当然父の百首歌と同じである。それらを少し紹介しよう。まずは『新古今和歌集』の巻頭を飾った雄渾な佳吟が《立春》の歌題にある。

《立春》　み吉野は山もかすみて　しら雪のふりにし里に春はきにけり

更に各歌題で挙げてみよう。

《鶯》　春の色に都の空も霞ぬと　鶯さそへ山おそしの風

《花》　花はみな霞のそこにうつろひて　雲にいろづくを初瀬の山

《郭公《ほととぎす》》　たちばなの花ちる里の庭の雨　山ほととぎすむかしをぞとふ

この歌は兼実の《思ふことなき身なりせばほととぎす夢に聞く夜もあらましものを》（『千載和歌集』一六〇番）に呼応して詠んだのであろうか。《むかし》とは治承の頃のことであろう。

《五月雨》　五月雨のふりにし里は道たえて　庭の小百合もなみのしたくさ

《月》　秋かぜに木のまの月は森染めて　ひかりをむすぶ袖の白玉

《草花》　風はらふ鶉の床の露の上に　枕ならぶる女郎花かな
　　　　　とけてねぬ鹿の音かなし小萩はら　露吹き結ぶ深山おろしに

二首目の歌は父の《さまざまの花をば宿に移し植ゑつ鹿の音さそへ野べの秋風》（『千載和歌集』二六一番）に呼応しているのであろうが、鹿の音が悲しくて打ちとけて寝られないと詠う良経の歌は感傷的で、父のさっぱりした詠み口に比べ、湿っぽさを感じる。

《紅葉》　時雨つる外山の雲ははれにけり　夕日にそむる嶺の紅葉葉
　　　　　秋風の竜田山より流れ来て　もみぢの川をくくる白波

《秋風の》の歌も父の《散りかかる谷の小川の色づくは木の葉や水のしぐれなるらん》（『千載和歌集』三七九番）を意識しているのであろう。ただし、父の歌の詞書は《百首歌よませ侍りける時、紅葉の歌とてよみ侍りける》となっており、詠歌時期は特定出来ない。この《秋風の》の歌は『古今和歌集』（二九四番）の業平の有名な《ちはやぶる神世もきかずたつたがはから紅に水くくるとは》を意識していることは確かであるが、良経歌の面白さは逆転の発想にあろう。業平は紅葉が竜田川を《くくり染め》にしたと言ったのに、良経は紅に《くくり染め》にした竜田川を《白波》が逆に白く《くくり染め》にしていると面白がっているのである。

《雪》　やまざとの雲の梢にながめつる　松さへ今朝は雪のむもれ木

《歳暮》　いそのかみ　ふるののをざさ霜をへて　一夜ばかりにのこる年哉

この歌は冬の歌として『新古今和歌集』に入集している。建久六年（一一九五）の大晦日の歌であろうか。

《初恋》　あしびきの山の雫のかけてだに　ならはぬ袖をたちぬらしつる

《忍恋》　人とはば如何にいひてかながめまし　きみが辺りの夕暮の空

《初遇恋》　消え果てぬのちの契りをかさねずば　今宵ばかりや袖のうつりか

《後朝恋》　秋風に契りたのむの雁だにも　鳴きてぞ帰る　春のあけぼの
くれをまつ空もくもらし横雲の　たち別れつる今朝の嵐に
やすらひにささわくる朝の袖の露　夕づけ鳥の問はばかたらむ
たち出でて心ときゆるあけぼのに　霧のまよひの月ぞともなふ
いまはとて涙の海にかぢをたえ　沖をわづらふ今朝のふな人

第一首の歌は『新古今和歌集』に入集しているが、上句が《又もこん秋をたのむの雁だにも》となっている。この歌題での父の歌は《帰りつるなごりの空をながむればなぐさめがたき有明の月》(『千載和歌集』八三八番)と後朝の別れの侘しさをストレートに表現しているが、良経の歌は何時逢えるか分からないので泣いて帰るというようにやはり消極的である。このような歌が好まれたのは時代のせいであろうか。

《遇不遇恋》わするなよとばかり言ひてわかれにし　そのあか月や限りなりけむ
影とめぬ床のさむしろ露おきて　契らぬ月はいまもよがれず
むばたまの夜の契りはたえにしを　夢路にかかるいのちなりけり
見し人のかへらぬ宿はあともなし　ただ朝夕のくずのうら風
うつろひし心のはなに春くれて　人もこずゑに秋風ぞ吹く

この歌題での兼実の歌は《ながらへて変る心を見るよりは逢ふに命を替へてましかば——生きながらえてあの人の心変わりを見るよりは逢うことに命を引き替えたらよかったのにと命がけで恋の成就を果たすべきだったとの反省と共に真剣な恋に向き合おうとしている姿勢が読み取れよう——》(『千載和歌集』八八一番)と威勢が良いが、良経の歌はどれもあきらめ顔である。ここに良経の性格を見るようである。第五首目は定家によって『新勅撰和歌集』(恋五)

に採歌された。この恋のエネルギーが希薄なところが定家に評価されたのだろうか。そして、この兼実の歌の詞書は《百首歌よませ侍りける時、遇不逢恋といへる心をよみ侍りける》となっており、『右大臣家百首歌』の時の歌かどうかは断定出来ないが、歌題からは、この時のものと推定出来ようか。

《祝》
故郷に千代へて帰るあしたづや　変はらぬ君がみ代にあふらむ
末までとやそうぢ人は祈りけり　古き流れの絶えぬ川なみ

これらの歌から当時の九条家の前途に不安のあったことが読み取れるのではなかろうか。何とか朝廷との縁が昔のように続いてほしいとの祈りを込めていたのであろう。後述する《神祇》の歌題の歌にも似たような感情を読み取ることが出来よう。

《旅》
出《いで》しよりあれまく思ふふるさとに　閨《ねや》洩る月を誰とみるらむ
みしまえにひと夜かりしく乱れ葦《あし》の　つゆもや今朝は思ひおくごと
浦伝ふ袖に吹きこす潮風の　なれて止《と》まらぬ浪枕かな
明け方の小夜《さや》の中山露みちて　まくらの西に月を見るかな
宮城野のこの下草に宿かりて　しかなくとこに秋風ぞ吹く

兼実の歌《はるばると津守の沖をこぎゆけば岸の松風遠ざかるなり》（『千載和歌集』五二九番）は素直にすっきり詠んでいる。良経の歌には孤独の影が付きまとっており、それが良経らしいと言えばそうかもしれないが良い歌とは言い難い。

《述懐》世の中はくだりはてぬと言ふことや　たまたま人のまことなるらむ
誰もみな植ゑてだに見よ忘れ草　世にふるさとはげにぞ住み憂き
埋もれぬのちのなさへやとめざらむ　なすことなくてこの世くれなば
浮世かなひとりいはやの奥に住む　苔の袂も猶しをるなり
いかばかり覚めて思はば憂かりなむ　夢の迷ひに猶まよひぬる

これらの歌こそ良経の真骨頂であろう。《世の中はくだりはてぬ》《住み憂き》《この世くれなば》《苔の袂も猶しをるなり》《夢の迷ひに猶まよひぬる》など良経のあきらめ顔が目に浮かぶ。この《夢》とは何だったのだろうか。九条家の苦境を指しているのだろうか。正真の仏教的諦観にのみ拘っていたとは思えない。父兼実の後に述べる《人ごとに変るは……》の歌とはその心が違うように思える何かが良経の心にくすぶっていたのではなかろうか。そして、彼は伊勢と春日山に祈るのである。

《神祇》　鈴鹿川八十瀬白波分過ぎて　神路の山の春を見しかな
濁る世も猶すめとてや石清水　流れに月のひかりとむらむ
加茂山のふもとのしばのうすみどり　心のいろも神さびにけり
春日山もりのしたみち踏み分けて　いくたびなれぬさ牡鹿の声
藻しほ草はかなくすさむ和歌の浦に　あはれをかけよ住吉の浪

第一首は『後京極殿御自歌合』の詞書に《公卿勅使にくだりて帰りて後よめる》とあるから建久六年（一一九五）三月公卿勅使として伊勢神宮に幣帛を奉納した後の追想の歌である。《春を見しかな》には朝廷、九条家共に将来の安泰を見たということであろう。ということはその裏返しとして不安があったということではなかろうか。《濁る世も猶すめとてや》《心のいろも神さびにけり》などは世相に対する不満の表れであろうか。そして、《春日山云々》《あはれをかけよ住吉の浪》には藤原家の将来にわたっての安泰を願う心の表れであろう。《春日山》とは藤原氏の氏社の春日大社の象徴である。

《釈教歌》は更に題が分かれており、これらが『右大臣家百首歌』の時のものと同一かどうかは不明である。良経の『百首歌』では六波羅蜜のうち五つが取り上げられている。波羅蜜とは菩薩の実践徳目のことで、六種を六波羅蜜という。良経は《檀波羅蜜》、布施のこと、《戒波羅蜜》、戒律を守る、《忍波羅蜜》、苦難に堪える、《精進波羅蜜》、たゆまず仏道を修める、《禅波羅蜜》、瞑想による精神統一の五つについて詠んでいる。

《布施》うらむなよ花と月とをながめても　惜しむ心はおもひ捨ててき
《戒》この法《のり》はうけてたもてるたまなれば　ながきよ照らすたからなりけり
《忍》むねのひも涙の露もいまはただ　もらさで下に思ひけちつつ
《精進》朝夕にみよの仏に仕ふれば　心を洗ふ山川の水
《禅》心をば心のそこにおさめおきて　ちりも動かぬ床の上かな

第一首を除けば各波羅蜜の重要性を客観的に詠んだ説明的な作で特に面白いものはない。ただ、第一首は歌題の《布施》を「執着心を捨てた」という意に取って世を惜しむ心は捨てたので花や月をながめても心は動かされない。でも、花や月は恨まないでくれといった思いを詠んでいるのであろう。

一方父の歌はどうであろうか。『千載和歌集』には《人ごとに変るは夢のまどひにて覚むればおなじ心なりけり》（一二二三番）があるが、詞書は《百首歌よませ侍りける時、法文の歌に五智如来をよみ侍りけるに、平等性智の心をよみ侍りける》とあって、『右大臣家百首歌』での詠かどうかは分からない。更に『新古今和歌集』にも《そこきよく心の水をすまさずばいかがさとりのはちすをもみむ》（一九四八番）の兼実の歌があるが、こちらの詞書は《家に百首のうたよみはべりけるとき、五智のこころを、妙観察智》となっている。従って、『千載和歌集』の歌も『右大臣家百首歌』にあったものだったのではなかろうか。となれば、歌題は良経の《五波羅蜜》ではなく《五智》だったとみられる。《五智》とは《煩悩を離れた清らかな五つの仏の知恵》のことで《大円鏡智―あらゆるものを鏡のように平等に映す知恵》、《平等《びょうどう》性智《しょうち》―自他を平等と見る知恵》、《妙観察智《みょうかんさつち》―優れた観察によって物事の本質を見る知恵》、《成所作智《じょうしょさち》―あらゆるものを完成に導く知恵》、《法界体性智《ほっかいたいしょうち》―真理の体系そのものを明らかにする知恵》の五つとされている。兼実の『千載和歌集』の歌は見事に《平等性智》を詠み切り、『新古今和歌集』の歌も見事に《妙観察智》を詠んでおり、彼の仏法への優れた理解力を示していると言えよう。《心の水をすまさずば》は正しく《妙観察智》である。

　何故兼実が《五智》を詠み、良経が《五波羅蜜》を詠んだのかは分からない。《五波羅蜜》を修めたのちに六番目の波羅蜜《知恵―五智》に至るのだとする考えがあるから、良経はまだその境地に至ってないことを認めて、その前の段階の《五波羅蜜》だけを詠んだのかもしれない。

第二章　第二期の歌

（一）『西洞隠士百首』

『玉葉』建久九年（一一九八）一月七日の条に《通親たちまち後院別当《ごいんべつとう》に補して禁裏仙洞掌中にあるべきか。……今外祖の号を借りて天下を独歩する体……よりて内大臣左大将停められおわんぬ……》とある。通親とは源通親のこと、内大臣とは良経のことであるが、この表現とても巧みで、兼実の無念が良く分かる。《後院》とは天皇が譲位の意志を示し、実際に上皇になるまでの移行期間の天皇の身分のことである。後鳥羽上皇の譲位は一月十一日であり、この日記は一月七日に書かれている。通親は養女の生んだ皇子〈為仁親王―建久六年（一一九五）十一月一日誕生〉を強引に土御門天皇として即位させるため、後鳥羽天皇の譲位を急ぎ、後院を世話する役所を立ち上げ、一月五日に自らその長官になったのである。周到な準備を早々と済ませたことが兼実を更に怒らせていたのであろう。この後兼実は通親に対して悪態をついている。建久七年（一一九六）十一月二十五日、通親によって兼実が関白を罷免され、近衛基通を関白に据えた《建久の政変》の一年余り後の建久九年（一一九八）一月十九日、今度は良経が左大将を罷免され、完全に籠居を強いられるのである。兼実の長女任子は建久六年（一一九五）、為仁親王誕生の三月前に皇女を生んでいたが、残念にも親王ではなかった。それから三か月して兼実と通親の勝負は決着してしまうのである。

さて、良経はどうしていたのか、当然表立った動きは出来ない。自己に沈潜して寒風をやり過ごすしか道はなかったのであろう。《政変》の直後は父が罷免されたとはいえ、自分自身はまだ、内大臣左大将に留まっており、それ程の深刻さを感じなかったのであろうが、しかし、この度の通親の暴挙には大きな衝撃を受けたことは間違いなかろう。多分その頃、『西洞隠士《せいとういんし》百首』を詠んだのであろう。後述する《秋かぜの》の歌には当時の具体的状況が詠み込まれているからである。

この百首歌は部立て構成で、各季二十首計八十首の四季歌と二十首の雑歌の百首歌となっている。『南海漁父百首歌』も部立構成ではあるが、春十五首、夏十首、秋十五首、冬十首の四季五十首に、恋十五首、羇旅十首、山家十首、述懐十五首となっていたが、『西洞隠士百首』の頃の良経は恋、羇旅、山家と言った遊興の部立には興味がなかったのか、恋、羇旅、山家の部を削り、四季と述懐を増やしている。その結果、過去の百首歌にはない良経独特の構成のものになった。四季の題詠は内心の動きと直結しており、述懐と同様に、心情の吐露を密かに果たすことが出来るとの思いもあって、その部分を厚くしたのであろう。特に、恋の部立がないことは良経の心が内に向かっていた証拠であろう。外界の人間から自らを隠そうと懸命になっていたものと思われる。

ところで、この《西洞隠士》とは何を意味したのであろうか。《西》は「日の沈む」を意味し、《洞》は「みすぼらしい隠れ家」の意であろうから、政界から追われ、日の目を見ないような隠れ家でひっそりと世を逃れて時を過ごさざるを得ない自分を卑下してこう自らを称したのであろう。籠居を余儀なくされたということは良経にとっては正しく《西洞》への隠棲を意味したのである。

尚、この『百首歌』に対して、慈円が和したと思われる『四季雑各二十首都合百首』が『拾玉集』にある。慈円も政変の影響を受け、建久七年（一一九六）十一月二十五日に天台座主を辞している。

さて、それでは彼の歌を若干見てみよう。まずは《春の部》から、

花ににぬ身の浮雲のいかなれや　春をばよそにみ吉野のやま
色にそむ心のはてを思ふにも　花をみるこそうきみなりけれ
み吉野の花のかげにてくれはてて　おぼろ月夜の道やまどはむ
今年またいかに心をくだけとて　花さきぬれば春のやまかぜ
ゆきてみむと思ひしほどに津の国の　難波の春も今日くれぬなり

これらの歌には何か寓意を持たせようとの意図を感じる。花のはかなさに自分を重ね合わせているのではなかろうか。《夏の部》は、

橘の花ちるさとに見る夢は　うちおどろくも昔なりけり
浮世ともしらぬ蛍のおのれのみ　もゆる思ひはみさをなりけり
早き瀬のかへらぬ水にみそぎして　行くとしなみのなかばぞを知る

これらの歌には時の流れの無常さをそのまま過去の栄光の無常さと重ねているようだ。《橘の……》の歌は自ら『後京極殿御自歌合』に採歌した唯一の歌である。

又、《早き瀬の……》は定家によって『新勅撰和歌集』に採歌されている。《秋の部》では、

秋かぜのむらさきくだくくさむらに　時うしなへる袖ぞ露けき
吉野やまふもとの野辺の秋のいろに　忘れやしなむ春のあけぼの
衣うつ袖にくだくる白露の　ちぢにかなしき秋のふるさと
わが涙木々の木の葉もきほひ落ちて　野分かなしき秋のやまざと

秋の哀れさ以上の悲しさを感じさせる歌群である。特に《秋かぜの……》の歌に詠われている《時うしなへる》は左大将罷免を意味し、《露》はいつ又表舞台に再登場出来るかどうか分

からない絶望感から流す涙である。この絶望感が良経を《西洞》へ押し込めたのである。又、《わが涙……》で詠われている《涙》はただ単に、野分に吹かれて葉を落とした寂寞たる《秋のやまざと》の光景のみに流す涙ではなく、《野分》に自然現象の秋から冬にかけて吹く強い風に政治的寓意をも掛け、《きほひ落ちて》に父、叔父、我身の失脚を重ねて流している涙であることは明らかである。《冬の部》では、

照らす日をおほへる雲のくらきこそ　憂き身にはれぬ時雨なりけれ
ひととせをながめはてつる山の端に　雪きえなばと花や待つらむ
まどのうちにあか月ちかきともし火の　今年の影はのこるともなし

《まどのうちに……》は歳暮の歌であるのだから、建久八年（一一九七）の暮れの作だろうか。『後京極殿御自歌合』との時間的関係からすると建久九年（一一九八）の暮れではないだろう。単なる題詠歌であるとは思えない。《雑の部》は二十首の構成ではあるが、その殆どが絶望的雰囲気の歌群である。

敷島ややまとことのはたづぬれば　神のみよよりいづもやへがき
玉津島たえぬながれをくむ袖に　むかしをかけよ和歌の浦浪
風の音もかみさびまさるひさかたの　天の香久山《かごやま》いくよへぬらむ

すみわびぬ世の憂きよりもとばかりも　覚えぬまでのくさのとざしに
ふるさとに通ふ夢路もありなまし　嵐の音をまどにきかずば
山にのこるくももけぶりもたえだえに　昔の人のなごりをぞ見る
憂き世かなとばかりいひてすぐしけむ　昔にたる行く末もがな
くもりなき星の光をあふぎても　あやまたぬ身を猶ぞうたがふ
人の身のつひにはしぬるならひだに　ころは心にまかせざりけり
前《さき》の世のむくいのほどの悲しきを　見るにつけてもつみやそふらむ
苔の下にくちざらむを思ふにも　身をかへてだにうきよなりけり
かくてしも消えやはてむと白露の　おきどころなき身を惜しむかな
かずならば春をしらましみやまぎの　深くや谷にむもれはてなむ
長き夜の末おもふこそ悲しけれ　法のともし火きえがたのころ
やがてさは心の闇のはれぬかし　三十路の月に雲のかかれる

最初の三首こそ歌に対する思いを述べてはいるが、詠み進むにつれて心は次第に暗くなって行く。正しく政治的失脚を嘆く述懐の歌である。

《くさのとざし》とは正しく《西洞》を暗示しているのであろう。《嵐の音》とは政界を吹き荒れている嵐の無念を言い、《くももけぶりもたえだえに昔の人のなごり》は栄光の過去も霞んでいるというのであろう。《憂き世かな》は諦めの境地の表白であり、《あやまたぬ身》とは往生に障りのある程に我が身の煩悩の深さを嘆き、《しぬるならひだに》はくよくよしたところでいずれは死ぬ身であるのだが、自らいつとは決められないと深刻である。我が身の不遇は《前の世のむくい》で、《苔の下にくちざらむ》と思ってもどうにもならないと嘆き、《消えやはてむと白露の》身と思うと身の置き所もなく、悔しさがこみ上げて来て、このままでは《深くや谷にむもれはてなむ》と口惜しさが募るのである。《長き夜の末おもふこそ悲しけれ》の歌は末法の世のいつ果てるともない不安にかこつけて我が身の勅勘のいつ解けるとも見えぬ行く末の不安を言ってはいるが、最後の一首にははっきりと《闇の》時期を《三十路の月に雲のかかれる》と詠んだ。建久九年（一一九八）、左大将を罷免された時、良経は《三十路》を迎えていたのである。《雲のかかれる》とは罷免されて垂れ込めた暗雲のことである。

当然ながら、この『西洞隠士百首』からは一首も『新古今和歌集』には採歌されていない。政界に復帰した以上、内容からして良経自身が公を憚った——出来なかったのではなかろうか。この点、『南海漁父百首歌』とは大いに異なるところである。良経はこの『西洞隠士百首』をまとめて一年ほどで勅勘を解かれて政界復帰し、左大臣に任じられるのである。

（二）『後京極殿御自歌合』

良経は籠居中にもう一つ重要な作品を遺した。自詠の歌二百首を左右に番えた『後京極殿《ごきょうごくどの》御自歌合《おんじかあわせ》』（以下『自歌合』と略す）である。良経は籠居を強いられ自邸での歌会が控えられた中、その勅勘がいつ解けるのか分からない不安の日々を過ごしながらそれまでの自詠の歌の総括をしたもので、極めて重要であると言える。この『自歌合』中の歌の姿・心などについて優劣を判断してもらおうと師匠の俊成に判を依頼した。その依頼の年次は跋文によれば《建久九年（一一九八）仲夏（五月のこと）二日》とある。『西洞隠士百首』から一首が採られているから、『西洞隠士百首』以後の籠居中最後の作品である。

青木賢豪氏によれば、次の一首は良経の歌集『秋篠月清集』の定家本にはなく、九条教家本にのみ見られるという（『藤原良経全歌集とその研究』）。この自歌合のために新たに詠出したのだろうか。定家本との比較を次に掲げておこう。

一二番左　都人宿を霞の余所《よそ》にみて昨日もけふも野べに暮しつ……教家本《花月百首》
　（定家本《花月百首》　都人いかなる宿をたづぬらん主ゆへ花はにほふものかは）

さて、二百首が『秋篠月清集』の何処にあるのかを見ると次のようになる。

花月百首　　十八首

二夜百首　三首
十題百首　二十首
六百番歌合　三十三首
南海漁父　三十三首
治承題百首　二十三首
西洞隠士　一首
　小計　百三十一首
月清集春部　十首
　夏部　四首
　秋部　十六首
　冬部　十首
　祝部　七首
　恋部　五首
　旅部　四首
　雑部　七首
　無常部　四首
　神祇部　二首
小計　六十九首

合計　　　　二百首

となる。又、『自歌合』全体を部立別にみると、

春部	三十四首
夏部	十四首
秋部	四十一首
冬部	二十六首
恋部	三十二首
祝部	二首
神祇部	六首
旅部	十四首
雑部	二十五首
釈教（無常）部	六首

となり、四季の歌が百十五首と圧倒的に多く、特に春部、秋部に集中している。恋部はそれに比べると極めて少ないことに気が付こう。又、これら二つの所在を統合して、『秋篠月清集』全体の中の何処にあったのかを示すと次のようになる。

計	釈	雑	旅	神	祝	恋	冬	秋	夏	春	
18		3	1	1				7		6	花
3						1			1	1	二
20	4	3	1	2			2	4	2	2	十
33						15	5	7	3	3	六
33		6	5	1		5	4	5	1	6	南
23	2	2	2	1		6	3	2	1	4	治
1									1		西
10										10	春
4									4		夏
16		1	1				1	13			秋
10							10				冬
7					2		1	2	1	1	祝
5						5					恋
4			4								旅
7		6						1			雑
4		4									無
2				1						1	神
200	6	25	14	6	2	32	26	41	14	34	計

（注）花は花月百首、二は二夜百首、十は十題百首、六は六百番歌合、南は南海漁父百首、治は治承題百首、西は西洞隠士百首、春以下は部立詠の各部を表している。

歌題が多岐にわたっていた『十題百首』や『治承題百首』から万遍なく採歌されていることは当然であろうが、しかし、『花月百首』、『南海漁父百首』からも万遍なく採歌されていることは特異なことのように思える。しかも、その数は『花月百首』より十八首、『南海漁父百首』から三十三首とこれ又特異であろう。既に述べて来たが、『花月百首』は良経二十二歳の建久元年（一一九〇）九月十三夜に九条家で行われた良経主催の歌会用に詠まれたもので、彼の初めての晴れ舞台であった、いわば記念碑的歌集であったのであろうから、ここから多くの歌を採った良経の心情は了解出来よう。しかも、『花月百首』は花五十首、月五十首であったのを良経はこの『自歌合』のために部立直しをして、神祇、旅、雑へと再配分している。このことを見ても、この『花月百首』にはかなり深い思い入れがあったものと思われる。一方の『南海漁父百首』は既に述べたように建久五年（一一九四）八月に成立（歌合の跋文による）した慈円との歌合のうちの良経の詠出分で、慈円と歌を番えたということはやはり良経の思い入れの深い百首歌であったと言えよう。

このように良経自身思い入れの深かった歌が他人にはどう映っていたのか興味のあるところである。

まず、これらの歌が『新古今和歌集』でどう扱われていたのかを見ることは、他人の評価を知る一つの見方となろう。良経の歌は『新古今和歌集』に七十九首入集しているが、『自歌合』からの入集はわずか二十三首であり、次のように良経の思い入れの深かった『花月百首』からはたったの一首、『南海漁父百首』からもたったの五首にしか過ぎない（すてがたきがすてられぬになっていることは既に述べた）。カッコ内は俊成の判である。

三三番右（花月）月だにもなぐさめがたき秋の夜の　心もしらぬ松の風かな（負）
二七番左（南海）暮れかかるむなしき空の秋をみて　おぼえずたまる袖の露かな（持）
五一番右（南海）枕にも袖にも涙つららゐて　結ばぬ夢をとふ嵐かな（勝）
五三番左（南海）消えかへり岩まにまよふ水のあわの　しばし宿かるうす氷哉（勝）
八二番左（南海）もろともに出でし空こそ忘られね　都の山の有明の月（持）
九三番左（南海）われながら心のはてをしらぬかな　すてがたきよの又いとはしき（持）

しかし、『南海漁父百首』から五首も採られていることはこの『百首歌』が自他ともに評価されていたということにもなろう。というのはこの『自歌合』から『新古今和歌集』に入集した他の百首歌は『二夜百首』一首、『十題百首』二首、『六百番歌合』八首、『治承題百首』二首であるからだ。残り四首は百首歌以外の『秋篠月清集』からのものである。

しかし、彼の思い入れの深かった『花月百首』からはたったの一首しか入集しなかったのは彼の自己評価と他人のそれとの間にずれがあったとも言えるのかもしれない。例えば、『新古今和歌集』に撰歌された右に挙げた六首のうち俊成が《勝》と評価したのはわずか二首に過ぎなかったのである。これは一つには建久九年当時の俊成の評価とその十年後に成立する『新古今和歌集』の撰者たちの評価の間に歌に対する見方が変化していたということであろう（番えた良経側にも問題はあろう。というのは『十題百首』『六百番歌合』『治承題百首』『秋篠月清集』からはこの『自歌合』以外にそれぞれ一首、二首、一首、四首が『新古今和歌集』に入集しているからである）。勿論、その後の仙洞歌壇での歌人たちとの交わりの中で、その変化に良経自身大いに気が付いてはいたのであろう。だからこそ、その後に詠出した歌が、『自歌合』までの歌をはるかに超える四十八首（頁百五十五の表参照のこと）も『新古今和歌集』に入集することが出来たのであろう。尤も、その基盤を作っていたのは青春期に夢中となっていた歌への情熱であり、飽くなき試行錯誤の賜物であったとも言える。

更に、俊成が良経の歌にどのように評価を下していたのかを、もう少し細かく見て行くことにしよう。良経が結番した番歌に、俊成が《勝》と評した歌を列挙してみると、

空は猶霞みもやらず風寒《さ》えて雪げにくもる春の夜の月（六百番歌合）
ながめやる遠ざとをのはほのかにて霞に残る松の風かな（祝部）
春はただおぼろ月夜と見るべきを雪にくまなき越の白山（南海漁父）
春の色ははなともいはじ霞よりこぼれてにほふうぐいすの声（同右）
九重の花の盛になりぬれば雲ぞ雲ゐのしるしなりける（花月百首）

見ぬよまで思ひ残さぬながめより昔に霞む春の曙（六百番歌合）
春はみな同じさくらと成りはてて雲こそなけれみ吉野の山（十題百首）
あたら夜の霞行くさへをしきかな花と月との明方の山（春部）
麓ゆく舟路は花に成りはてて浪になみそふ山おろしのかぜ（春部）
みよし野は花の外さへ花なれや槙立つ山の嶺の白雲（治承題百首）
花はみな霞の底にうつろひて雲に色付くをはつせの山（同右）
けふこずは庭にや跡のいとはれむとへかし人の花の盛を（花月百首）
高砂の尾上《おのへ》の花に春くれて残りし松のまがひ行くかな（同右）
おどろかす入あひの鐘にながむればけふまで霞むをはつせの山（春部）
山のはも霞の衣なれなれて一《ひと》よのかぜに立ちわかるらん（南海漁父）
うちもねず待つ夜ふけ行く時鳥《ほととぎす》軒にかたぶく月に鳴くなり（治承題百首）
ゆく末に我が袖の香や残るべき手づから植ゑし軒の橘（十題百首）
山陰やいづる清水のさざ浪に秋をよすなりならの下風（祝部）
袖にちる萩の上葉の朝露に涙ならはす秋のはつ風（南海漁父）
何ゆゑと思ひもわかぬたもとかなむなしき空の秋の夕暮（秋部）
はるかなるとこ世はなれて鳴く雁の雲の衣に秋風ぞ吹く（南海漁父）
村雨は程なく過ぎて日晩《ひくらし》の啼く山かげに萩の下露（秋部）
秋ならばとばかり見し我が宿の籬《まがき》の野べは鶉鳴くなり（十題百首）

闇き夜の窓うつ雨におどろけば軒ばの松に秋風ぞふく（秋部）
さらぬだに深《ふ》くるはをしき秋のよの月より西に残る白雲（花月百首）
雲消ゆる千里の外に空寒《さ》えてつきよりうづむ秋の白雪（同右）
秋よ又夢路はよそに成りにけり夜わたる月の影にまかせて（秋部）
槙の戸をささで有明に成りぬるを幾夜の月ととふ人もなし（治承題百首）
帰るべき越の旅人待ちわびて都の月に衣うつなり（秋部）
君が代に匂ふ山時の白菊は幾度露のねれてほすらん（祝部）
見る月の山より山にうつりきぬね夜のはての暁の空（秋部）
宇津山《うづのやま》こえしむかしの跡ふりてつたのかれ葉に秋風ぞ吹く（六百番歌合）
秋の色のはては枯野と成りぬれど月は霜こそ光なりけれ（花月百首）
見し秋を何に残さむ草の原ひとつに変る野辺のけしきに（六百番歌合）
秋の色の今は残らぬ梢より山風おつる宇治の川なみ（秋部）
木葉散りて後こそ思へおく山の松には風もときはなりけり（冬部）
かた岡のまさきの下葉色付きぬ山の奥にはあられふるころ（十題百首）
てる月の影にまかせてさ夜千鳥かたぶく方に浦づたふなり（冬部）
枕にも袖にも涙つらゝゐて結ばぬ夢をとふ嵐かな（南海漁父）
清水もる谷の戸ぼそもとぢはてて氷をたたく嶺の松風（六百番歌合）
消えかへり岩まによふ水のあわのしばし宿かるうす氷哉（南海漁父）

雲深き嶺の朝明のいかならん槙の戸白む雪の光に（六百番歌合）
雪つもる梢に雲は隔つれど花にちかづくみよしの山（冬部）
人とはばいかに云ひてか詠めまし君があたりの夕暮の空（治承題百首）
もらすなよ雲ゐる嶺の初時雨このはは下に色かはる共（六百番歌合）
今はとて涙の海にかぢをたえおきぞ煩ふ今朝の舟人（治承題百首）
いまこむと宵宵ごとにながむれば月やはおそき長月の末（南海漁父）
秋の夜のかりねのはても白露に影見し人や宵の稲妻（同右）
枕にも跡にも露の玉ちりて独おきゐるさよの中山（六百番歌合）
涙せく袖に思ひやまさるらんながむる空も色かはるまで（恋部）
吉野河はやき流れを堰く岩のつれなき中に身を砕くらん（六百番歌合）
見し人のねくたれが髪の面影に涙かきやる小夜の手枕《たまくら》（同右）
思ひかねうちぬるよひもありなましふきだにすさべ庭の松かぜ（同右）
故郷に見し面影もうつるらん不破の関やの板まもる月（同右）
岩が上のこけのさ筵《むしろ》露けきにあらぬ衣をしける白雲（南海漁父）
足柄の関路越え行くしののめに一村かすむうき島の原（十題百首）
清見がた波の千さとも雲消えて岩しく袖によする月かげ（治承題百首）
忘れずは都の夢やおくるらん月は雲ゐをうつの山越（南海漁父）
あはれなる花の木かげの旅寝かな嶺の霞の衣かさねて（花月百首）

住みしらぬむかしの人のこころまで嵐にこむる夕暮の空（秋部）
浮世いとふ心の闇のしるべかな吾が思ふ方に有明の月（花月百首）
まだしらぬ山より山にうつりきぬ跡なき雲の跡を尋ねて（南海漁父）
滝の音松のひびきのはげしきにつれなく明す岩枕かな（雑部）
長き夜の深《ふけ》行く月をながめてもちかづく闇をしる人ぞなき（同右）
我が宿はをばすて山に住みかへて都の跡を月やもるらん（花月百首）
終おもふ住ひかなしき山陰にたまゆらかかる朝がほの花（雑部）
浮世かな独岩やの奥にすむ苔の袂も猶しをるなり（治承題百首）
きみぞとふかひなき比の松の風我しも花を余所《よそ》に聞くかな（雑部）
朝夕に三世《みよ》の仏につかふれば心をあらふ山川の水（治承題百首）
奥山にひとりうき世はさとりにき常なき色を風にながめて（十題百首）
闇かりし雲はさながら晴れつきて又上もなくすめる空かな（同右）

全部で七十一首で、『花月百首』九首、『十題百首』七首、『六百番歌合』十二首、『南海漁父百首』十二首、『治承題百首』九首、『春部』三首、『秋部』八首、『冬部』三首、『恋部』一首、『祝部』三首、『雑部』四首となった。俊成が割と万遍なく各句題詠から《勝》を採っているものの、良経の思い入れの深かった『花月百首』『南海漁父百首』に対する俊成の評の《勝》の率としては『花月百首』五十三％、『南海漁夫百首』三十四％で、これに対して『十題百首』

は四十二%である。『南海漁父百首』については良経自身の思い入れの深かさとは裏腹に、出来は今一だったと俊成は考えていたのであろうか。

しかし、俊成が《勝》と判じた歌で『新古今和歌集』に入集した歌は以上の七十一首のうち僅か次の六首に過ぎない。

空は猶霞みもやらず風寒えて　雪げにくもる春の夜の月（六百番：勝）
枕にも袖にも涙つららゐて　結ばぬ夢をとふ嵐かな（南海：勝）
消えかへり岩まにまよふ水のあわの　しばし宿かるうす氷哉（南海：勝）
もらすなよ　雲ゐる嶺の初時雨　このはは下に色かはる共（六百番：勝）
思ひかねうちぬるよひもありなまし　ふきだにすさべ　庭の松かぜ（六百番：勝）
奥山にひとりうきよはさとりにき　つねなき色を風にながめて（十題：勝）

俊成の美意識と新古今撰者たちの美意識との間で違いがあったのであろうか。勿論、この《判》というものは絶対的な歌の評価ではなく、番えられた左右一対の歌の相対的な評価を判者が下したに過ぎないのだから、数だけで論ずるのは乱暴とも言えるかもしれない。

まずは『新古今和歌集』に収載された『自歌合』のほかの十七首の歌の《判》はどうだったのかを見てみよう。

『後京極殿御自歌合』

春上　一番　み吉野は山もかすみて　しら雪のふりにし里に春はきにけり（持）

　　　六一番　忘るなよ　たのむのさはを立つ雁も　いなばの風の秋の夕ぐれ（持）

春下　一四七番　吉野山　はなの古郷跡たえて　むなしき枝に春風ぞ吹く（負）

夏　二二〇番　打しめりあやめぞかをる　郭公《ほととぎす》　鳴くや五月の雨の夕ぐれ（持）

秋上　三五八番　暮れかかるむなしき空の秋をみて　おぼえずたまる袖の露かな（持）

　　　三五九番　物おもはでかかる露やは袖におく　詠《なが》めてけりな　秋の夕暮（負）

　　　四一九番　月だにもなぐさめがたき秋の夜の　心もしらぬ松の風かな（負）

秋下　四四四番　たぐへくる松の嵐やたゆむらん　をのへにかへるさをしかの聲（持）

　　　五四四番　龍田姫いまはの比の秋風に　時雨をいそぐ人の袖かな（持）

冬　六九八番　いそのかみ　ふるののをざさ霜をへて　一夜ばかりにのこる年哉（持）

哀傷　七六六番　春霞かすみし空のなごりさへ　けふをかぎりの別れなりけり（持）

羇旅　九三六番　もろともに出でし空こそ忘られね　都の山の有明の月（持）

恋二　一一四一番　いくよわれ　浪にしをれて　き舟川　袖に玉ちる物思ふらん（持）

恋四　一三一〇番　いつも聞く物とや人のおもふらん　こぬ夕暮の秋風の声（持）

雑中　一六五二番　昔きくあまのかはらを尋ねきて　跡なき水をながむばかりぞ（持）

雑下　一七六四番　われながら心のはてをしらぬかな　すてがたきよの又いとはしき（持）

神祇　一八七一番　神風や　みもすそ川のそのかみに　契りし事の末をたがふな（持）

《判》の割合を見ると、《持》八十二％、《負》十八％という結果になるが、《持》とは左右どちらも優劣なしとしたということで、撰歌された方が優れていたともいえるから、そう考えれば《持》というのは《勝》でもあったのである。しかし、俊成は積極的には《勝》としなかったのも事実である。強いて言えば俊成の消極的《勝》を『新古今和歌集』の撰者が積極的《勝》とした理由は時代的背景にあったと言えるのではないだろうか。それは歌の形——句切れに対する嗜好の変化にあったと言えるのであろう。俊成が《勝》と判じて『新古今和歌集』に入集した六首のうち四首が三句切れで、一首が一句三句切れ、一首が三句四句切れである。

右に掲げた十七首のうち三句切れは十首で、二句切れ一首、一句三句切れ三首、一句二句三句切れ一首、二句三句切れ一首、三句四句切れ一首である。俊成が《負》と判じた三首のうち三句切れは一首に過ぎなかった。良経歌二十三首のうち三句切れは全部で十四首であるから全体の割合は六十一％である。『新古今和歌集』の撰者たちがこのような歌の構造についても斟酌していたことは明らかであろう。ここに時代による和歌文学の発展の跡を見ることが出来る。俊成は『新古今和歌集』に七十二首入集しているが、三句切れは三十三首で、二句切れ六首、一句三句切れ十六首、二句三句切れ九首、三句四句切れ五首、二句四句切れ、一句二句三句切れ、一句三句四句切れ各一首が含まれており、三句切れの割合は四十六％である。ちなみに良経の場合は全七十九首のうち三句切れは五十三％であった。良経は後半新風を意識していたのであろう。『新古今和歌集』の撰者たちが歌の形による調べの新鮮さ、面白さを歌の新しい評価基準の一つと考えていたことは確かである。だから、良経の歌の句切れの面白さから、俊成の評価とは別に『新古今和歌集』の撰者たちは彼らの新しい基準によって良経の歌を撰歌したのであろう。

『後京極殿御自歌合』

第三章　第三期の歌

（一）『正治二年初度百首』

良経は正治元年（一一九九）——この年は四月二十七日、建久十年から正治元年へと改元された——六月二十二日、勅勘を解かれて左大臣に任じられた。定家は喜び、『明月記』に《この事を聞き及び心中欣悦なり、喩えるものなし》と記し、翌日早速挨拶に伺っている。しかし、この良経の昇任はよく分からない。兼実の政敵通親はまだ存命（三年後の建仁二年十月二十一日に没するのである）であり、土御門天皇の外戚となって、良経が左大将を罷免される二週間前には後院別当に自ら補すだけの威力を発揮していたのである。それなのに、良経は勅勘を解かれ、左大臣に昇任する一方、通親の方は内大臣に昇任しただけであった。良経に対しては過分な取り扱いのように見られても不思議ではなかろう。一応考えられるのは前年の建久九年（一一九八）一月十一日に後鳥羽天皇が土御門天皇に譲位したこと、そして建久十年

（一一九九）一月十三日に源頼朝が没したことであろうか。この後鳥羽天皇の譲位こそが良経に幸運をもたらしたのである。譲位して上皇となったことで、院は遊興に耽る余裕が出来たのである。しかも、その頃は和歌への興味が昂じつつあったから、和歌に長けており温厚な良経を上皇はご自分の仙洞歌壇に召し入れたいと思ったのであろう。慈円の『愚管抄』には良経急死に際して《院カギリナクナゲキヲボシメシケレド云ニカイナシ》とあることからも院は良経を信頼されていたことが分かる。院は良経への勅勘を解く機会を狙っていたのであろうか。ご自分の皇子を天皇につけようとした通親の思惑をも却って利用したのではなかろうか（即位させることは既定の路線ではあったが、問題はその時期であったろう）。ご自分の和歌道のためにのみ勅勘を解くわけにはいかなかったであろうから、良経を左大臣につけるという表向きの理由も勘案したのであろうか。尤もその位の専横を押し通すのに躊躇するような上皇ではなかったであろう。その後数々の遊興を重ね、承久の変を勝敗抜きに押し進め一敗地にまみれ隠岐へ流されて行く独裁者の姿を追えば良経に対する理不尽など屁とも思わなかったものと推察しても間違ってはいないであろう。

良経は早速詠歌の活動を始める。正治元年（一一九九）冬、良経家で冬十首歌合会を開いて、定家らを参加させている。

年が明けると閏二月一日、良経主催で十題撰歌合会が開かれ、兼実、隆信、寂蓮、定家、慈円などが参加した。右方の歌は二月二十五日に選ばれたと『明月記』にある。しかし、ここでひと悶着を定家が惹起した。この歌合の判者は藤原六条清輔の弟季経が務めたが、その判に対して、定家が異を唱えたのである。《判者の体、次第の儀、すこぶる詮なきか》と自詠の選ばれた五首の判について不満を述べたことに、当然ながら季経は怒ったのである。更に、それに油を注ぐかのように定家は《予、歌合の作者を辞する仮名の状》を書いたという。《季経らがごときゑせ歌読みの判の時、堪えがたきの由、これを書くと云々》と四月六日の条の『明月記』にある。この定家の所業は季経ばかりでなく、耳にした良経さえも怒らせたのである。そして、この年秋に、後鳥羽院主催の初度百首（いわゆる『正治二年初度百首』あるいは『院初度百首』）が行われるが、季経らは定家の参加を阻んだ。そして、定家の父俊成が後鳥羽院に泣きを入れて（『正治二年俊成卿和字奏状』の件である）、ようやく定家が加わることになった。

さて、この百首歌に至る前にもう一つ大きな事件が起こっている。七月十三日、良経の妻が産後に赤痢に罹り急死したのである。三十四であった。まる九年の結婚生活を共にしたわけであるが、良経は深い悲しみに沈んでいた。『明月記』に《ご入棺後、良経は本殿に渡り、慈円と仏事(仏道修行のこと)を共にすべく車に乗り直ちに山崎に向かった。仏事のことを深く思ってのことであった》というようなことを人伝に聞いたというように書かれているが、結局これは人に引き留められ連れ戻されて実現はしなかった。『新古今和歌集』に俊成が良経の悲しみを察し、歌を贈っていることが出ている。

権中納言道家母（良経の妻のこと）かくれ侍りける秋、摂政太政大臣のもとにつかはしける　　皇太后宮大夫俊成

かぎりなき思ひの程の夢のうちは　おどろかさじと歎きこしかな

かへし　　　　　　　　　　　　　　　　　摂政太政大臣

みし夢にやがてまぎれぬ我が身こそ　とはるるけふもまづ悲しけれ

とある。俊成は良経が深い悲しみに包まれており、弔問に伺っては却って悲しみが更に増すと心配して行かなかったと気遣い、良経は妻の死に紛れて死ななかった自分は、弔問の歌を頂いた今日もまだ生きている、それがまずは悲しいというのである。良経の悲しみがしみじみと伝わって来るようで、良経が如何に妻を愛していたかが分かるようだ。

さて、いよいよ『正治初度百首』について話を進めて行きたい。後鳥羽院は正治二年（一二〇〇）秋（七月十五日か、『明月記』に《院に百首の沙汰あり》とある）、群臣たちにそれぞれ百首歌詠進するよう命じた。しかし、定家の場合、内大臣源通親の横車で年寄りに限るよう仕向けられ、若年の定家は退けられた。その憤懣を七月十八日、『明月記』に《内府（内大臣通親のこと）》沙汰するの間、事たちまち変改。ただ老者をえらびてこの事に預かると云々。古今、和歌の堪能に老をえらばるる事、いまだ聞かざる事なり。これひとへに季経が賂《まいない》を眄《み》て（賄を片目で見るということは贈賄をちらつかせるということか）予を捨て置かんがために結構するところなり。季経・経家はかの家の人なり云々》と述べている。それが例の俊成の計らいで、八月九日に定家も百首を詠進するよう許されたのである。この時同時に家隆、隆房も歌人に加えられた。歌人は院、良経、通親、俊成、定家、隆房、季経、家隆、慈円、寂蓮など全部で二十三人となった。歌題は春二十首、夏十五首、秋二十首、冬十五首、恋十首、羈旅五首、山家五首、鳥五首、祝五首である。この『院初度百首』には秀歌が集まり、後の『新古今和歌集』に七十九首も入集しているが、そのうち良経歌も十七首が入集した。まずそれらの歌を見て行こう。

《春の部》

ときはなる山の岩ねにむす苔の　そめぬ緑に春雨ぞふる

永遠に変わらぬ山の岩根にむしている苔が春雨が染めたわけでもないのに緑に染まっているというのであるが、眼目は苔の緑の永遠に変わらぬ姿に感動した一首である。尤も、苔の緑は春雨のお陰で色鮮やかに染まっているのだが。

帰る雁　いまはの心有明に　月と花との名こそをしけれ

帰る雁よ、今は帰らぬ心あればいいのに、この有明の月と花を愛でることもなしに帰ってしまうのは月と花の不名誉になってしまって残念だというのである。この歌にも良経の動物に対する優しい心が覗いているようだ。尚、『南海漁父百首』にも《いまはとて山飛こゆるかりがねの涙露けき花のうへかな》があるのは既に述べた。

はつせ山　うつろふ花に春暮れて　まがひし雲ぞ嶺にのこれる

無常観の漂う歌である。花は散ってしまって今は嶺に本当の雲がかかっている。《まがひし》は花に「紛ひし」である。前の句と同様、初句切れになっているのは注目されよう。

あすよりはしがの花ぞのまれにだに　誰かはとはん　はるのふる郷

『新古今和歌集』春の部の巻軸歌である。前の句同様に無常観と共に、人のうつり気さ現金さに対する冷めた目を感じる。

《夏の部》

いさり火の昔の光ほの見えて　あしやの里に飛ぶ蛍哉

《昔の光》とはこの歌の本歌となった『伊勢物語』の昔ということである。本歌は《晴るる夜の星か河辺の蛍かもわが住む方の海人のたく火か》である。

秋ちかきけしきの杜に鳴くせみの　涙の露や下葉そむらん

《けしきの杜》とは秋の気色が見え始めた杜ということである。何とも寂しさを感じる一首である。寿命のつきかけた悲しさを涙を流しながら鳴く蝉に対する良経の同情心のほの見える歌である。《涙》とは「紅涙、悲しみの血のような涙」のことで、やがて、それが下葉を染めて行くのだろうという。蝉も人と同じく生きとし生けるものという球体に属していると良経の心には映ったのであろう。

《秋の部》

をぎの葉にふけば嵐の秋なるを　待ちけるよはのさをしかの聲

秋の嵐が荻の葉に吹き、それを待ち受けるように夜半に鹿が鳴くというだけであるが、声に出して読むとなかなか良い歌になる、そんな不思議さがある。

おしなべて思ひしことの数々に　猶色ませる秋の夕暮

何を思ったのだろうか？　いろいろあったそんなことに比べても秋の夕暮時のもの悲しさはまさるというのである。『新古今和歌集』ではこの歌の次に良経の次の歌を載せている。これは『院初度百首』の歌ではないが、なかなかな秀作と言える。

暮れかかるむなしき空の秋をみて　おぼえずたまる袖の露かな

《むなしき空》とは良経はどういう空を想像したのだろうか？　つるべ落としの夕暮に定めない闇夜の到来を予感し、その闇夜に末法の世をも重ねていたのであろうか。それとも、世の無常を思っての感慨だけだったのだろうか。この歌は『南海漁父百首歌』にあるから建久五年（一一九四）八月以前の歌である。その前年建久四年（一一九三）の『六百番歌合』にも《吉野山　花の古郷跡たえて　むなしき枝に春風ぞ吹く》があって、『新古今和歌集』に入集している。この頃の《むなしさ》とは身近なものの死を思ってのことだったのかもしれない。兄の死、後白河院の死、定家の母の死などに思いを寄せたのであろうか。一方、《おしなべて》の歌の《数々》はそのような悲しさに加えて、有頂天からの急降下のあった直近の出来事に思いを馳せての感慨であろうか。とすれば《数々》に政治的な闇夜の寓意も含まれているのかもしれない。

月見ばといひしばかりの人はこで　まきのとたたく庭の松かぜ

『正治二年初度百首』

この歌は『新古今和歌集』の《雑の部》に採られている。この歌の本歌は『古今和歌集』の素性法師の《今こんといひしばかりに　長月のありあけの月を待ちいでつるかな》であるが、こちらは純然たる恋歌である。良経の歌は恋歌にはならない。本歌の恋歌を四季歌に翻案する良経の面目躍如たるところである。

きりぎりす鳴くや霜夜のさむしろに　衣かたしきひとりかもねん

定家によって『小倉百人一首』に採られた良経の代表作である。この歌については『千載和歌集』以前の項で述べたので繰り返さない。『新古今和歌集』には西行の《きりぎりす　夜寒に秋のなるままに　よわるか声のとほざかり行く》がある。良経は『古今和歌集』や『万葉集』の本歌とともに、この西行の歌も知っていたのだろうか。西行も良経も共に人との関わり合いを避けて、ただ《こおろぎ》とだけ対峙しているのである。

《冬の部》

ささの葉はみ山もさやに打《うち》そよぎ　氷れる霜を吹く嵐哉

本歌は有名な人麿の相聞歌《笹の葉は深山さやにさやげども我は妹思ふ別れきぬれば》であるが、良経の歌は純粋な叙景歌である。《打そよぎ—ざわめくこと》の表現に斬新さがあろう。

かたしきの袖の氷も結ぼほれ　とけてねぬ夜の夢ぞみじかき

《かたしき》とはひとり寝のことである。侘しいひとり寝に涙がこぼれ、おちおちと寝てられないせいか、夢もとぎれとぎれになることよというのである。この歌の本歌は『源氏物語』(朝顔)にあるが、それを《冬の歌》に翻案したところに良経の巧みさがあろう。『千載和歌集』の《さゆる夜の……》の歌から始まり《きりぎりす……》の歌を通過して、この歌に至る同じ感慨である。このことも良経歌の特色である。

《恋の部》

恋をのみ　すまの浦人もしほたれ　ほしあへぬ袖のはてをしらばや

本歌は『古今和歌集』の《……須磨の浦に藻塩たれつつ……》にある。しかし、良経の歌はいろいろ縁語を連ねてはいるが、本歌と離れて鑑賞出来る。恋に悩み続けて、はてその先はどうなるのだろうかと不安を述べているのだ。ここにも良経らしさがあろう。彼は地位を笠に着ないかなり優しい気の弱い男だったのだろうか。それが故に歌に深みがあって、万人の鑑賞に堪えるのだろう。

かぢをたえ　ゆらの湊による舟の　便りもしらぬ沖つ潮風

《かぢ》とは「櫂《かい》」のことである。櫂を失ってゆらの湊に寄る筈が、沖の潮風のせいで流されてどうしてよいのか分からない。《沖つ潮風》とは横やりだろうか。この歌から詠み手が気の弱い男だったのではないかと想像されよう。

いはざりき　いまこんまでの空の雲　月日へだてて物おもへとは

前の歌も前の前の歌もそうだったが、一句切れ、三句切れと歯切れのよいリズム、斬新さを感じさせよう。新古今時代の新しい動きである。すぐにでも来るよと言ったのに、こんなに月日を重ねて物思えなんて言わなかったわよという女の恨み節である。

《山家の部》

忘れじの人だにとはぬ山ぢかな　桜は雪にふりかはれども

忘れないでやってくると言った人ですら、訪ねて来てくれない、約束した時は桜の散る季節だったが今はもう冬の雪の降る季節になったけれどもというのである。この歌は《月見ばと……》の歌同様、『新古今和歌集』では《雑の部》にある。

《祝の部》

敷島や　やまとしまねも神世より　君が為とや固めおきけん

良経のゴマすり歌、良経は天皇に対する畏敬の念が深かったようだ。

『新古今和歌集』に入集した歌は以上十七首ではあるが、そのほかの歌についても一つ二つ触れてみたい。

《春の部》

久方の雲ゐに春の立ちぬれば　空にぞかすむあまのかぐやま

後鳥羽院に《ほのぼのと　春こそ空にきにけらし　あまのかぐ山霞たなびく》の佳吟が『新古今和歌集』(春上二番)にある。院の歌は『新古今和歌集』編纂直前の歌である。良経の歌を意識されたのであろうか。良経の《空にぞかすむ》が斬新に響こう。これも佳吟と言えるだろう。しかし、院の歌を優先させたのである。

春日野の草のはつかに雪消えて　まだうら若きうぐいすの声

別に秀歌ではないが、《まだうら若きうぐいすの声》の《うら若き》に良経らしい優しさを感じる。一生懸命に「ほおほけきょう」と歌おうとして、なかなか歌えない新米鶯に対する温かい思いやりがほの見えて好感が持てよう。同じうぐいすを扱った院の《春来ても猶大空は風さえて　ふるすこいしきうぐいすのこゑ》がこの『院初度百首』にあるが、この歌にも鶯の寒さに震えて冬の古巣を恋しがっているという優しさがある。

《秋の部》

とこよ出でし旅の衣や初かりの　つばさにかかる嶺の白雲

普通、雁の歌は帰る雁がねとの別れの寂しさが春に詠まれるのに、この歌はやって来る初雁の歌である。勿論先にも挙げたように良経は多くの雁がねの帰る雁の歌を春に詠んでいる。良経は秋の哀れさよりも《常世》の国を思っていたのであろうか。常世の国への憧れを。しかも、《旅の衣》に長旅に対するねぎらいの心を込めたのであろうか。『南海漁父百首』にも《はるかなる常世はなれて鳴く雁の雲の衣に秋風ぞ吹く》がある。

《鳥の部》

ゆふまぐれ　木だかき杜にすむ鳩の　ひとり友よぶ声ぞさびしき

ここにも《ひとり》が出て来る。夕暮時に聞く鳩のあの独特な鳴き声は確かにあまり気持ちの良いものではない。それが一羽となれば、尚侘しく聞える。あたかも友を呼ぶようだというのである。案外、良経は自分自身のことを詠んでいるのかもしれない。この年彼は突然妻を失うのである。前年、左大臣に昇任されていたことは嬉しいには違いないが、それが却って重責のため彼を孤独に追いやっていたとも考えられる。そして、妻の死がそれに追い打ちを掛けたのだろうか。

《祝の部》

くもりなき雲ゐのすゑぞはるかなる　空行く月日はてをしらねば

このように良経は我が身のことばかりでなく、朝廷の弥栄を願う歌も詠んでいる。それはやはり左大臣としての重責が重圧となって身にかぶさっていたからであろう。父兼実のように図太く生きられなかった彼には尚一層身に応えていたのではなかろうか。

これで後鳥羽院の『正治二年初度百首』に載る良経歌の概略の紹介を終えたい。

（二）『千五百番歌合』

後鳥羽院は建仁元年（一二〇一）六月、群臣に百首歌を詠進するよう命じた。そして、翌年九月にこの百首歌を歌合（『千五百番歌合』）にし定家ら十名に加判するよう命じた。完成は更に遅れて翌年建仁三年（一二〇三）初頭だったようだ。詠者は三十名、判者は十名、歌合は千五百番で、これは歌合史上最大規模であった。歌題は春二十首、夏十五首、秋二十首、冬十五首、祝五首、恋十五首、雑十首で、百五十番ごとにひとまとめにして、春一、二、三、四、夏一、

二、三、秋一、二、三、四、冬一、二、三、祝、恋一、二、三、雑一、二を十グループに分けてある。主だった詠者は後鳥羽院、良経、慈円、有家、隆信、具親、僧顕昭、通親、忠良、俊成、定家、家隆、雅経など三十名、判者（カッコ内に加判の担当を示した）は権大納言忠良（春一、二）、俊成（春三、四）、通親（夏一、二）、良経（夏三、秋一）、後鳥羽院（秋二、三）、定家（秋四、冬二）、季経入道（冬二、三）、師光入道（祝、恋一）、僧顕昭（恋二、三）、慈円（雑一、二）の十名である。尚、通親は下命を受けた後死亡しているので、彼の担当の部分は判が記されていない。

ここで注目されるのは院と臣下が平等の立場で歌を番えていること、判者が十名もいること、しかも、院も臣下もその地位に無関係に判を加えられていること、更には、判者が自分のスタイルで判を加えていることである。良経は漢文で加判し、後鳥羽院は歌をもって判を加えられている。定家も時には漢文を用いているし、僧顕昭は過去の歌集の本歌を引きながらと、みな自由に持ち味を生かしながら加判しているのは強引だったとされる後鳥羽院が当時は臣下にご自分の考えを押し付けることなく、良い歌の発掘にのみ専心していたように見受けられる。

この『千五百番歌合』から良経の歌十首が『新古今和歌集』に入集した。それらを簡単に見て行こう。

《夏一》

有明のつれなくみえし月は出でぬ　山郭公《ほととぎす》待つ夜ながらに

《つれなくみえし》とは待っているのになかなか出てくれなかった月という意で、出てくれそうにもなかった月がやっと出たというのに、ほととぎすの方は夜通し待ったがついに鳴かなかったというのであるが、《つれなく》がほととぎすにも当てられているのは当然である。この歌と番えられたのは院の女房の越前ではあるが、通親の判は既に述べたようにない。良経の歌の本歌は『古今和歌集』の恋歌で、良経はそれを四季歌に翻案した。

《秋一》

ふか草の露のよすがを契りにて　里をばかれず秋はきにけり

本歌は『伊勢物語』四十八段の《今ぞ知る苦しき物と人待たむ里をば離れず訪ふべかりけり》——今やっと人待つことの苦しさを知りましたというのである。男が来るか来るかと待つ女の切ない気持ちを思いやった歌である。しかし、良経の歌はただ単なる秋の風の歌に過ぎない。良経はちょっとした因縁でか、深草の里を忘れずに秋風が吹いているというのである。良経らしい情趣溢れた良い歌である。この歌は『歌合』では俊成卿女（実際は俊成の孫である）の歌《秋来れば身にしむものと成りにけりときのふもききしをぎのうは風》と番えられ、判者は良経である。彼は《性《せい》圃《ほ》一旦荒るばただ莠《ゆう》となる　誰か尋ねん深草露光幽なるを——本来の畑も一旦荒れてしまうと莠《ねこじやらし》という雑草が生えて来る、そんな露光の光っているあの世のようなところに誰が訪ねて来ようかというのであろう》とし、俊成卿女の歌を勝ちとした。しかし、良経の歌の方が定家によって『新古今和歌集』に採られた。面白いことである。良経は恋の本歌を四季歌に翻案したのである。

《祝》

ぬれてほす玉ぐしの葉の　露霜に　あまてる光いくよへぬらん

この歌の本歌は『古今和歌集』(二七三番) 素性法師の《ぬれてほす山ぢの露の間にいつか千年を我はへにけん》であるが、趣は全く違う。素性法師の時代に《菊合》という菊の歌を左右に番えて優劣を競う遊びがあり、その時の歌である。詞書に《仙宮《せんきゅう》に菊を分けて人のいたれるかたをよめる》とあり、人が仙人のいるところへ分け入って、そこの菊の露に濡れたのも束の間に直ぐ乾いたが、その間に千年もたってしまったのだろうかというのである。《露のま——束の間》と《千年》の対比が面白い。良経の歌はこの《千年》を永遠の象徴語として、《露霜》と《いくよへぬらん》を対比させて、榊の葉が濡れては乾くその循環を天照大神は永遠に繰り返されているという偉大な力への称賛と感謝の歌に変えているのである。良経はこのように内裏をたたえる歌も得意のようだった。判者師光も《大神宮風俗、不混俗はべり、おぼろげの歌たちならびがたく……》と、この歌を勝ちとしている。

《恋二》

身にそへる其の面影も消えななむ　夢なりけりと忘るばかりに

折角、心の中に居座っていた恋人の面影なんか消えてほしい、夢であったと忘れられるようにとは何たることか。元より題詠歌であるから、恋歌と言っても想像の産物ではある。このような諦め顔の歌も当時大いに好まれたのであろう。そのような時代の趣向を知って良経が詠んだとすれば、良経の歌詠みの才能は高く評価されよう。しかし、もし良経が本気でこのような弱々しい恋歌を詠んだとすれば良経の性格も想像出来る。良経の恋歌には多かれ少なかれこのような傾向がみられるから、本気で詠んでいたと受け取る方が正しいように思える。そこに、良経の恋に対する心持も透けて見えるのである。一方、これは女に仮託した虚構の恋歌と見ることも出来るかもしれないが、それでは面白味がなくなるだろう。

めぐりあはん限りはいつとしらねども　月なへだてそ　よその浮雲

美しい歌ではあるが、《月なへだてそ》と独言ちるなど運を天に任せるようであまりにも消極的な恋歌である。これも前の歌と同様である。しかし、こちらは女歌とは言えないから余計に良経らしいと言えよう。この歌は後鳥羽院によって『新古今和歌集』に採歌されたようだが、院はこの恋心を良経らしいと見たのであろう。僧顕昭の判には《わするなよほどは雲ゐになりぬとも空行く月のめぐりあふまで、と申す歌の心にかよひてや、詞は伊勢物語に見えたり》とある。しかし、その心は違うように思われる。『伊勢物語』の詞書は《昔、おとこ、あづまへ行きけるに、友だちどもに、道よりいひをこせける》とあり、顕昭の挙げた歌は元々『拾遺和歌集』にあり、後に『伊勢物語』に補入されたのである。その詞書《橘忠幹《ただもと》が、人のむすめにしのびて物いひ侍けるころ、とをき所にまかり侍とてこの女のもとにいひつかはしける》を見ると、何時とは言えなくとも積極的に逢瀬を女に約束しているのであって、良経の歌とは趣が大分違うように思える。

我が涙もとめて袖にやどれ月　さりとて人のかげはみえねど

本歌は『古今和歌集』（五二八番）の《こひすれば我身はかげと成りにけりさりとて人にそはぬものゆへ》である。こちらは「恋煩いで影法師のようにやせ衰えた」というものであるが、良経の歌は恋煩いで恋しくて涙が出るが、その人の影は現れないと悩むのである。影が現れないほど女の恋は冷め切っていると諦め顔である。良経の恋というものは成就したことがあったのだろうか。当時はこういった恋の行方に男たちは心を痛めながらも一種の恋の美学として耽溺していたのだろうか。これは決して女歌ではない。

歎かずよ　いまはたおなじ　なとり河　せぜの埋木《むもれ》くちはてぬとも

この歌、リズミックで斬新さを感じるが、今までの良経の恋歌にはない激しさをも感じる。嘆かないよ、たとえ浮名を知られて死んでしまってもというのである。《なとり河》とは《宮城県を流れる名取川》で、埋もれ木の多いことで有名であったことと、名は評判あるいは噂の意に取り、名取川は浮名が立つの意となったのである。《なとり河》を詠み込んだ歌が『古今和歌集』（六二八番、六五〇番）にある。この良経の歌の本歌は六五〇番の《名とり川せぜのむもれぎあらはればいかにせんとかあひみそめけん》で、《名とり川せぜのむもれぎ》が《あらはれ》の序詞になっている。

四首の恋歌が入集したが、四首目を除けば何れも後ろ向きな消極的な恋歌である。『正治二年初度百首』の恋の入集歌《かぢをたえ》《恋をのみ》もこの類のものであるが、このような恋歌が生まれた背景は一体何だったのだろうか。恋の美学の時代的変貌なのか、良経の性格に根差していたのか、興味を覚えよう。このような歌が新古今撰者の嗜好を満足させたのだから、時代的要因は大きかったことは明らかではあるが、良経の性格に基づいてはいなかったのか、それとも良経の性格と相まったのか、『千載和歌集』の九条家の恋歌にまで遡ってみよう。

まず、兼実の『千載和歌集』に載る恋の歌三首を上げておこう。

行き帰る心に人のなるればや逢ひみぬ先に恋しかるらん
（心の中であの人の所に行ったり帰ったりして馴れ親しんでいるせいか、まだ逢ってないのに恋しくなって来るのだろうかというのである）

ながらへて変る心を見るよりは逢ふに命を替へてましかば
（生きながらえて心変わりを見るよりは逢うことと命を交換しておけばよかったのにという恋に命を賭けるほどの激しさである）

をしみかねげにいひしらぬ別れかな月もいまはの有明の月
（有明の月を見て別れる後朝の別れの悲しさを嘆く歌である）

これら兼実の三首には恋の激しさ、恋の成就への強い意志をストレートに感じる。これらの兼実の歌に対して、良経は『千載和歌集』でどう歌っていたのか、彼の二首の恋歌を改めて載せてみよう。

『千五百番歌合』

秋はをし契りは待たるとにかくに心にかかる暮の空かな

(この歌は非常に良経らしい。若い時からこうだったのである。美しい秋の夕空の暮れてしまうのは惜しいが、そうかと言って早く暮れて彼女との逢瀬も待ち遠しい、ああ、秋の暮れ行く空だなあとでもいうのであろう。しかし、この歌の本歌は『詞花和歌集』の《みな人のおしむ日なれど我はただをそく暮行歎をぞする》であるが、詞書に《ながつきの晦日の日のあしたに、はじめたる女のもとよりかへりて立かへりつかはしける》とあって、「人は皆秋の暮れるのを惜しむが自分は早く暮れてあなたに会いたいんだ」と女にとってはうれしい後朝の別れである。しかし、良経の場合はどうだろうか。こんな歌を贈られては女は嘆くであろう)

知られてもいとはれぬべき身ならずは名をさへ人に包ましやは

(知られては厭われるので恋人には名を伏せているのだというのだろうが、その間柄は少し不誠実にも思われよう。この歌は《他人を称する恋》という題詠歌であるから、そう目くじらを立てることもないと言われようが、しかし、良経歌の前に載る兄良通の歌は《忍びかねいまは我とや名のらまし思ひ捨つべきけしきならねば》——今まで名を隠していたが、捨てられそうもないので名乗ろうか——とあり、素直である。弟の恋はそこまで進行していなかったのだろうか。それにしても二人とも恋を貫こうという気概が希薄、特に良経の二首には恋に対する積極性は見られない)

このように良経の消極的態度はこの二十年近く変わっていないと推察されるだろう。このような性格から生み出された恋歌に新古今時代の人々が共感を覚えたのである。その点恋歌の歌人として良経は成功したのかもしれない。そしてもう一つ考えねばならないのは当時の恋歌が題詠歌であったということである。仮構性の強い恋歌が好まれたとも言える。

しかし、だからと言って良経の恋歌が多く好まれたわけではない。次節で述べるが『新古今和歌集』に入集した恋歌は四季歌の約半分なのである。このことは良経が仮構性の強い恋歌はあまり好きではなく、むしろ主情性の強い四季歌を好んでいたということではなかろうか。その裏付けの一つとして恋の本歌を四季歌に翻案した歌が幾首も見られる点を上げることが出来るであろう。例えば、この『千五百番歌合』でも《有明の》《ふか草の》がそれであり、折りに触れ指摘して来たところである。

それでは『千五百番歌合』での良経のほかの恋歌について見てみよう。

よそながらかけてぞ思ふたまかづら　かづらき山のみねの白雲

判者の師光入道は《よそながら見てややみなんかづらきのたかまの山のみねの白雲》といふ歌をもてかやうにとりなされて侍る、詞たくみに、余情、高情ありてこそ覚え侍れ》と評した。

しかし、この本歌と見られる歌《よそにのみ見てややみなん葛城や高間の山の嶺の白雲》の方が実は読み人知らずで『新古今和歌集』の恋歌の巻頭を飾っている。この本歌はただ指をくわえてよそから見ているだけで終わるので良いだろうかという強い恋の執念を感じる。この歌が恋歌の巻頭を飾ったということは、新古今時代にもこのような強い恋歌が尚も賞味されていたものと考えてもいいのであろうか、あるいは、懐旧の思いから選ばれたのか。ところが良経の歌は確かに余情溢れる歌には違いないが、ただ、《かづらき山の白雲》を見ているだけだというこの弱々しさは時代の流れにも多少関係しているのかもしれないが、やはり、良経の性格を強く反映していると見るべきだろう。

ここで、『新古今和歌集』に載る同時代人たちの恋歌三首を並べてみよう。時代の流れを感じ取ることが出来そうである。

うつせみの　鳴くねやよそにもりの露　ほしあへぬ袖を人のとふまで（良経）

思ひあれば　袖にほたるをつつみても　いはばや物を　とふ人はなし（寂蓮）

おもひつつへにける年のかひやなき　ただあらましの夕暮の空（院）

院と良経は同じ心を詠み、寂蓮は自ら恋を《袖にほたる》を包んで思いを明かそうとしている心を詠み、必ずしもこの時代が余情を尊んでいたとばかりは言えないようである。ただ、《忍恋》というものが尊ばれていたのであろうか。次の二首はそんな歌題の歌である。

いそのかみ　布留《ふる》の神杉《かみすぎ》ふりぬれど　色にはいでず　露も時雨も（良経）

我が恋はまきの下葉にもる時雨　ぬるとも袖の色に出でめや（院）

さて、『千五百番歌合』に戻って、良経の恋歌を更に見て行こう。

したもえのなにやはたてんなにはなる　あしびたくやにくゆる煙を
知らせばや恋を駿河の田子の浦　恨みに浪のたたぬ日はなし
うちしのびいはせの山のたにがくれ　水の心をくむ人ぞなき
わが恋はまだしる人もしらすげの　まのの秋はぎつゆももらすな
荒磯の浪よせかくるいはねまつ　いはねどねにはあらはれぬべし

これらは言葉遊びの感が強く、義理にも良い歌とは言えまい。そして、その心は《恨みに浪の立たぬ日はなし》《水の心をくむ人ぞなき》《つゆももらすな》《いはねどねにはあらはれぬべし》など傍観者的過ぎるであろう。恋心の表白というより恋を主題にした言葉遊びに過ぎないように思える。愚作と言うべきである。

こがくれて身はうつせみのからころも　ころもへにけりしのびしのびに

上句が良いが、貫之の歌《敷島のやまとにはあらぬ唐衣ころもへずして逢よしもがな》に比べると、下句にはやはり良経らしい消極性が見られよう。

ゆきかよふ夢のうちにもまぎるやと　うちぬるほどの心やすめよ

この歌の本歌は『古今和歌集』の藤原敏行の《恋わびてうちぬるなかに行きかよふ夢のただぢはうつつならな》で恋の苦しさに疲れ果て寝てしまうほどだが、夢の中ではまっすぐ恋人の所へ行ける、それが現実であってくれればなという恋の激しさを感じるが、良経の歌では夢で会えるのだから寝て心を休めようというのである。ここには良経の性格もあろうが、やはり、古今時代と新古今時代の恋の美学の違いも感じられようか。

くりかへしたのめても猶あふことの　かたいとをやば玉の緒にせん

この歌の本歌も『古今和歌集』読み人知らずの《かたいとをこなたかなたによりかけてあはずば何を玉の緒にせん》である。《玉の緒》とは命のことである。良経は逢うことがむつかしいと諦め顔である。

くらしつる日はすがのねのすが枕　かはしても猶つきぬ夜はかな

判者は『後撰和歌集』の《まちくらす日はすがのねにおもほえてあふよしなど玉の緒ならん》の本歌の《すがのね》に《すが枕》を挟んだところが面白いと言っているが、これこそストレート過ぎて情緒がない。単なる言葉遊びであろうが、当時は一種の遊びとして喜んだのかもしれない。しかし、判者は面白いと言ったが、結局この歌を負けとした。

われとこそながめなれにし山の端に　それもかたみの有明の月

この歌には恋の情趣が漂っており、後朝の別れを詠んだなかなか味な恋の歌と言えよう。良経もこのような恋歌が作れていたのに、言葉遊びに明け暮れてしまったのは何故なのだろうか。『千五百番歌合』における良経の恋歌は成功したとは言えないかもしれない。さて、次の部立《雑の部》へ移ろう。次の三首は何れも『新古今和歌集』に入集している。

《雑一》

舟のうち浪の下にぞおいにける　あまのしわざもいとまなのよや

漁師海人の生業の辛さを思う良経らしい思いやりのこもった歌である。これが左大臣の歌かと思うと尚のこと感動しよう。

うき沈みこんよはさてもいかにぞと　心にとひて答へかねぬる

《こんよ》とは来世である。そこで浮くのか沈むのか——極楽なのか地獄なのか自問しても答えかねてしまうなというのである。良経歌の特徴をよく表した歌であろう。

おしかへし物を思ふは苦しきに　しらず顔にてよをや過ぎまし

何とも逃げの一手、左大臣の政務に対してか、人間関係のむつかしさからか、はたまた、来世のことなのか、よくよく悩むことが多かったのだとは思うが、それにしても考えるのを止めようと言うのもちょっと問題だろう。でもそれが故に良経は他人に好かれたのかもしれない。これら三首に良経の真骨頂を見るようである。何ともペーソス、というよりむずむずしたやりきれなささえ感じる。何故こんな風に発想するのだろうか。これらが正二位左大臣良経の歌なのである。建仁元年（一二〇一）には良経は三十三歳になっていた。しかし、栄光の道を歩きながらも五年後には急逝してしまうのである。毎日がストレスの日々だったのだろうか。自ら悲運を呼び込んだとは思えないが、運命である。

むすび

（一）良経のアンソロジー『新古今和歌集』

日本古典文学の中核ともいえる和歌文学は万葉から現在まで続くいわば大きな山脈である。その中でひときわ際立って佇むのが秀峰『新古今和歌集』である。この歌集が一応元久二年（一二〇五）三月二十六日を以って編纂されたと見るならば、その一年後に良経は急死するのだから、当時良経の秀歌と思われていた歌は全て含まれていると考えてよい。つまり、『新古今和歌集』入集の良経歌は彼のアンソロジーであったと言える。従って、多くの入集歌について既に各節で折りに触れて短くも評釈らしきものを述べて来たが、ここでもう一度、全入集歌を簡単に振り返っておきたい。それに先立ちまずは良経の関わった編纂事業の経緯と『新古今和歌集』入集の良経歌が何時詠まれたのかなどについて述べて行きたい。その後に、良経の全入集歌七十九首を詠出順に一首ずつ簡単に評釈してこの稿を締めくくることにした。

『明月記』によれば、建仁元年（一二〇一）七月二十六日の条に《明日、和歌所はじめらるべし……寄人十一人云々、左大臣殿（良経）、内大臣（通親）、座主（慈円）、三位入道殿（俊成）、頭中将、有家朝臣、予（定家）、家隆朝臣、雅経、具親、寂蓮云々》とあるから、翌七月二十七日、仙洞御所二条殿に和歌所が開設されたことになる。和歌所が設けられたことにより以後歌会が和歌所で頻々と開かれた。影供《えいぐ》歌合、十五夜撰歌合、仙洞句題五十首などが編まれた。十月に入って、院は熊野御幸に立たれ、定家が随行した。その模様は『明月記』に詳細に記されている。二十六日に御幸から帰られると、直ちに『新古今和歌集』撰進の院宣が下った。『明月記』には十一月三日の条に《左中弁奉書あり、上古以後の和歌、撰すべしと、このこと所（和歌所）の寄人に仰せらる云々》と簡単に書かれている。この時、撰者に源通具、藤原有家、藤原定家、藤原家隆、藤原雅経、寂蓮の六人が選ばれたのである。このうち寂蓮は翌年亡くなり、撰集の仕事は果たせなかった。そして、何故、これらの人数が選ばれたのかについては『仮名序』の中で、《ききもらし見およばざるところ》があってはならぬとのご配慮があったためと述べられている。尤も、最後の判断は院ご自身がお決めになったとも書かれている。つまり、この集は院の本当の意味での勅撰集であったと言えるのである。しかも、ご自身三十首余りを選んだが、別に傑作だから選んだのではなく、この道が好きだから、選んでいるうちに多くなってしまった、後世非難されるようなことがあっても構わないと良経に代筆させている。部立は《春上下》《夏》《秋上下》《冬》《賀》《哀傷》《離別》《羇旅》《恋一、二、三、四、五》《雑上中下》《神祇》《釈教》と勅撰集の標準型に沿っている。

元久二年（一二〇五）三月二十六日夜、竟宴が開かれ、ここに一応第八代目の勅撰和歌集『新古今和歌集』が成立したことになった。その後も院による切り入りが行われていた。全二十巻約二千首の歌が入集した。院は承久の変に敗れて、隠岐に流されても尚手を入れられ、約四百首が切り捨てられた。いわゆる『隠岐本新古今和歌集』である。これらが『新古今和歌集』についての一瞥である。

さて、良経との関係に移るが、まず最初は『仮名序』が良経によって書かれたことを上げておく必要がある。尤もこれとても院のお考えを代筆したようなものである。最も重要なことは「貴賤を問わず」に歌を選んだこと、そしてそのため複数の撰者を選んで、幅広く偏りなく良き歌を選び出そうとの意図があった点であろう。院の関わりについては既に述べた。

良経は七十九首が入集しているが、この歌数は西行の九十四首、慈円の九十一首に次ぐ三番目のものである。俊成は七十二首、定家は四十六首である。良経の歌については巻末の付表に全七十九首を時系列に従って列記したので、そちらも参照してほしい。

部立別ではどうであったのかを次の表にまとめてみた。

部立	歌数	部立	歌数
春上	五首	恋一	四首
春下	四首	恋二	七首
夏	七首	恋三	二首
秋上	十一首	恋四	七首
秋下	五首	恋五	—
冬	七首	雑上	二首
賀	四首	雑中	四首

哀傷	二首	雑下	四首
離別	―	神祇	一首
羇旅	二首	釈教	一首

四季の歌、三十九首に対して、恋歌は二十首と少ない。全体に占める割合はそれぞれ、四十九％、二十五％、それに対して定家の場合は、全四十六首のうち四季の歌十七首、恋歌十三首、割合でいえば三十七％、二十八％で二人は対照的と言えるだろう。ここに良経歌の特徴があろう。つまり、人間に対する親近感を求めるより、自然の中に自分を同化させようとの強い思いがあったのであろうか。それが良経歌にペーソスを感じさせるひとつの要因だったのではなかろうか。そのような宇宙観を抱くようになったのは叔父慈円の影響があったものと思われる。

次に入集した良経歌の出所が何処にあったのか――どの百首歌、どの歌合にあったのかについて概観してみよう。良経の歌は仙洞歌壇での活動（『正治初度百首』以降）の以前と以後とに大きく分けることが出来る。百首歌に入らない部分をそれぞれ《その他秋篠月清集》及び《その他仙洞歌壇詠進歌》としてくくった。一首、詠出時期不明であるが、以前の歌として、《その他秋篠月清集》の中に入れた（一二七八番）。

花月百首	二夜百首	十題百首	六百番歌合	南海漁父百首	治承題百首
一	一	三	十	五	三

西洞隠士百首	その他 秋篠月清集	正治初度百首	千五百番歌合	その他 仙洞歌壇詠進歌	計
○	八	十七	十	二十一	七十九

仙洞歌壇に呼ばれて後が四十八首、それ以前が三十一首、ということは良経は若い時からそれなりの歌の才能を発揮していたということになろう。

この関係を部立との関係で見てみると次の表のようになるが、この表から次のことが言えよう。

（一）『正治初度百首』の以前以後では四季歌と恋歌の割合が若干変わって来ているのである。以前では四季歌四十八％、恋歌二十三％に対して、以後では四季歌五十％、恋歌二十七％と以後では恋歌の割合が若干増えている。これは以後に詠進すべき恋の題詠歌が増えたことによるのではなくて、良経の恋歌が好まれたということ、言葉を換えれば、良経が恋歌を時代に即して上手く詠めるようになったということではなかろうか。

（二）以後の顕著な特徴は賀歌や、雑歌が増えていることで、仙洞歌壇の題詠歌を意識してよい歌を詠もうとしていたのではなかったろうか。『正治初度百首』では《祝》五首、『千五百番歌合』では《祝》五首、《雑歌》十首が歌題となっていた。

合計	釈教	神祇	雑	恋	羇旅	哀傷	賀	冬	秋	夏	春	
1									1			花月百首
1											1	二夜百首
3	1		1						1			十題百首
10				4					3	1	2	六百番歌合
5			1		1			2	1			南海漁父百首
3				1				1			1	治承題百首
8		1	1	2		2	1			1		その他 秋篠月清集
31	1	1	3	7	1	2	1	3	6	2	4	小計
17			2	3			1	2	3	2	4	正治初度百首
10			3	4			1		1	1		千五百番歌合
21			2	6	1		1	2	6	2	1	その他 仙洞歌壇詠進歌
48			7	13	1		3	4	10	5	5	小計
79	1	1	10	20	2	2	4	7	16	7	9	総計

それでは、年齢別ではどうか、ただし、正確な詠出時期の不明のものもあるが、その定数歌の跋文の年次で年齢を決めた。又年齢不詳のものが一首あるのでその分は差し引くことにする。つまり全七十八首の年齢分布をみると、次の表のようになる。

年齢	二二	二三	二五	二六	二七	三十	三二	三三	三四	三五	三六	計
歌版	2	3	11	5	5	1	20	23	3	3	2	78

二十四、二十八、二十九、三十一歳の時の歌は入集してない。二十四歳の時には後白河法皇の崩御に遭い作歌活動を控えたのであろう。二十八から三十にかけてはいわゆる建久の政変のせいでふさぎ込んでいたというより、歌会を開ける状況ではなかったのであろう。この年齢と歌数の関係を分かりやすく図にすると次のようになる。上の図が年齢別、下の図は年次別での分布を表したものである。これで見ると『新古今和歌集』は竟宴が行われて以後も切り入りがあったことが分かる。

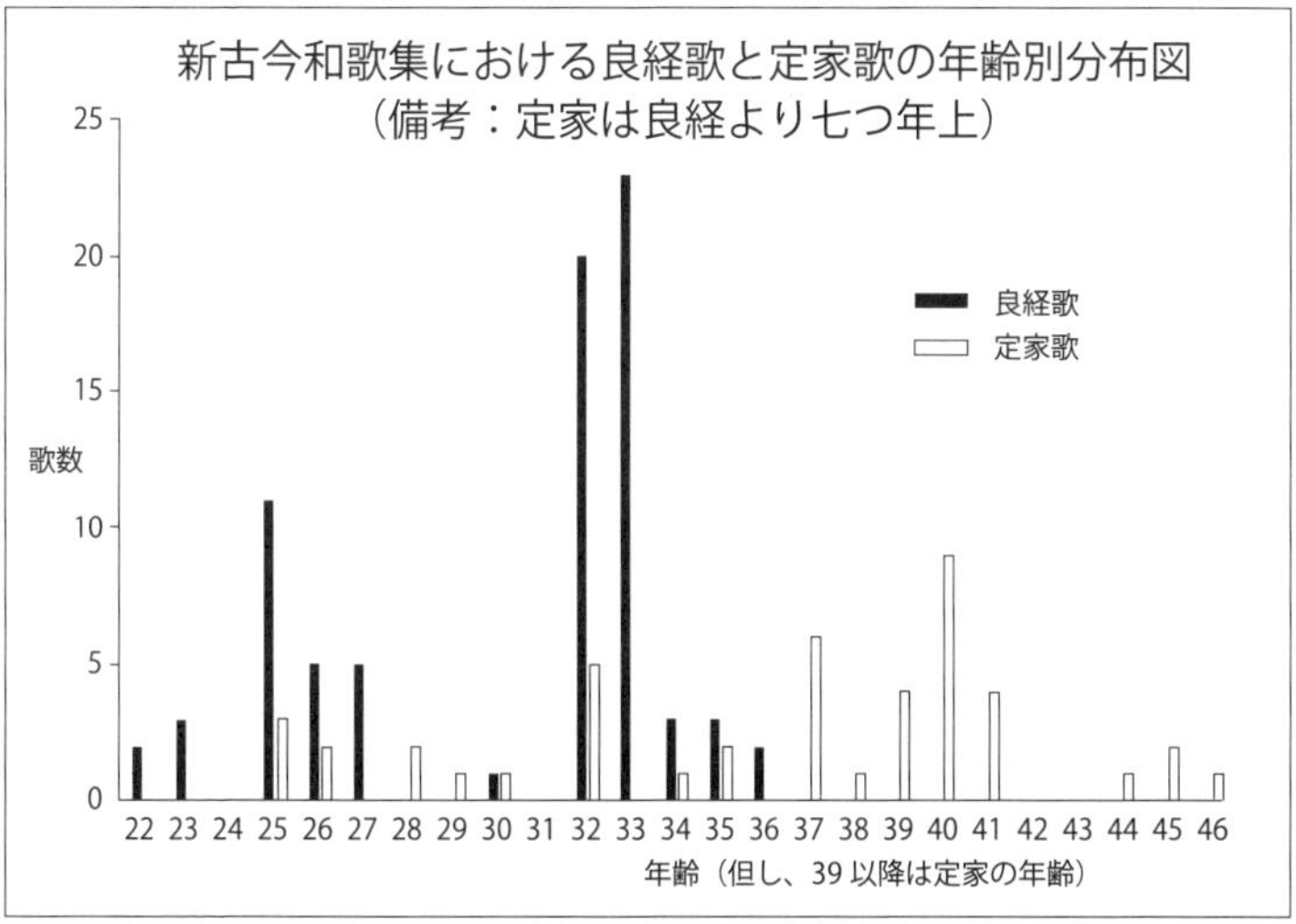
新古今和歌集における良経歌と定家歌の年齢別分布図
（備考：定家は良経より七つ年上）
良経歌
定家歌
歌数
0
5
10
15
20
25
22 23 24 25 26 27 28 29 30 31 32 33 34 35 36 37 38 39 40 41 42 43 44 45 46
年齢（但し、39 以降は定家の年齢）

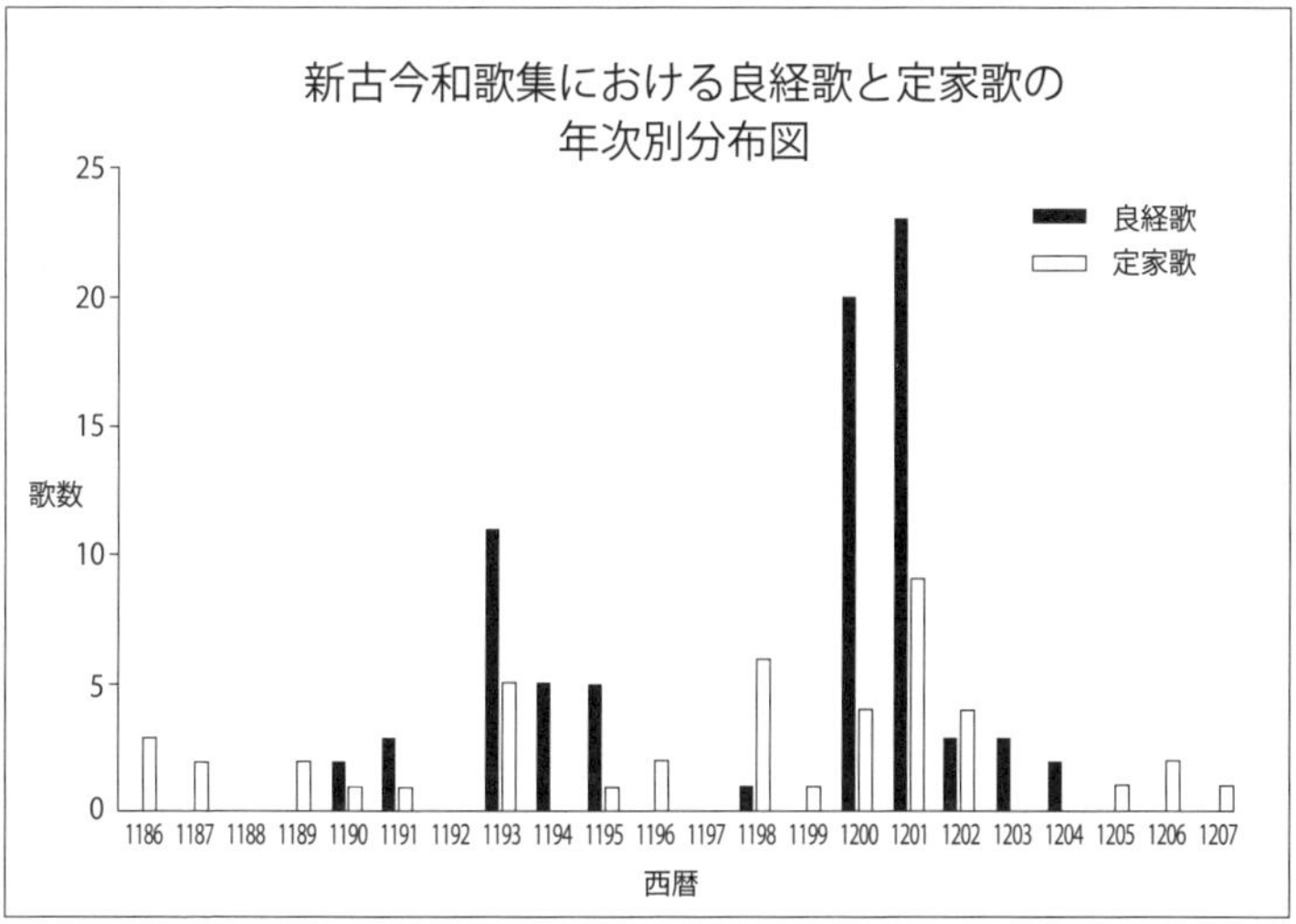
新古今和歌集における良経歌と定家歌の
年次別分布図
良経歌
定家歌
歌数
0
5
10
15
20
25
1186 1187 1188 1189 1190 1191 1192 1193 1194 1195 1196 1197 1198 1199 1200 1201 1202 1203 1204 1205 1206 1207
西暦

良経と定家は七つ違いで、定家の方が兄貴分である。『新古今和歌集』に入集したことが当時、有能な歌人として評価されていたと考えれば、良経の方がずっと若い時から注目されていたと言えようか。尤も、後鳥羽院という強力な推進者に良経が可愛がられていたということも歌のよしあし以上に重要だったとも言えるかもしれない。現代の人間が新古今時代の歌のありようを見るには当時の『私家集』『私撰集』を取り上げるよりは『新古今和歌集』の方が他人の評価を経て編集されているのだから、この『和歌集』が最も相応しいと言える。従って、この集に入集している歌は凡作もあろうが、一応良い歌として尊重すべきである。良経は俊成が九条家の歌指南として出入りする頃から歌の研鑽に努め、兼実家での歌会で六条家、御子左家両家の歌人たちと交わりながら、歌会を開いては、多くの歌人たちと詠歌を楽しんでいた。いわゆる良経歌壇である。殊に、慈円、定家との交流は彼自身の詠歌の熟達と共に良経歌壇の隆盛をもたらした。ここに良経歌が早くから注目されて来た背景があろう。

最後にもう一度、アンソロジーらしく全入集歌について詠出順に概観しておこう。

最も若い時の歌は『花月百首』からの一首である。

《秋上》　月だにもなぐさめがたき秋の夜の　心もしらぬ松の風かな

月を見ているだけでも悲しく思う秋の夜に、そんな気持ちも知らない松風が吹いて一層悲しくするというのである。良経の言いようないほどの孤独感を感じる。『千載和歌集』の《さゆる夜の》から引きずって来ているのだろうか。

『二夜百首』からは一首、

《春上》　忘るなよ　たのむのさはを立つ雁も　いなばの風の秋の夕ぐれ

《たのむ》は「田の面《も》」、《いなば》は「稲葉《いなば》」である。本歌は『伊勢物語』十段と十一段にある。《秋の夕ぐれ》を《忘るなよ》は帰る雁への呼びかけで雁と心を通わせて良経らしく、ほのぼのとしよう。

『十題百首』から三首が入集している。この百首歌は『古今六帖』からヒントを得たのか、奇妙な歌題の下に詠まれている。《天象》《地儀》《居処》《草》《木》《鳥》《獣》《虫》《神祇》《釈教》の十題で、時期は建久二年（一一九一）閏十二月である。『明月記』建久二年十二月二十七日の条に《今日百首の歌を大将殿（良経のこと）に進む》とあり、閏十二月四日には《……夜に入りて百首を読み上げらる（御歌―良経歌、入道―寂蓮のこと、予、三百首なり）……》とあって、この時良経邸で披講されたのである。良経、慈円、寂蓮、定家の百首歌である。

《秋下》　たぐへくる松の嵐やたゆむらん　をのへにかへるさをしかの聲

嵐が運んで来た鹿の鳴き声が遠ざかって行く、嵐が弱まったのだろうかというのである。尾上（嶺）に留まっていた鹿の鳴き声が嵐の弱まりと共に遠のいて行ったのである。嵐の鎮まって行く喜びと鹿に対する安堵の気持ちの表れであろう。人間と動物が対等に接している温かみとむしろ人間の孤独さをも感じさせてくれよう。良経らしい。

《雑中》 ふる郷はあさぢが末になりはてて　月にのこれる人の面影

『十題百首』では《居処》の題で詠まれた歌である。この歌は恋歌とした方がよかったのではなかろうか。昔通っていた恋人の家はもうなくなって、浅茅が原に変わってしまった、月を眺めていると恋人の面影が浮かんで来て、当時が偲ばれて悲しい思いがするとでも解釈した方が胸に来るのではなかろうか。小山順子氏はこの歌の本歌を『後拾遺和歌集』道命法師の歌《ふる里はあさぢがはらとあれはてて夜すがら虫の音をのみぞなく》としている（『藤原良経』コレクション日本歌人選）。この歌の詞書は『長恨歌』の絵の中で玄宗皇帝の嘆き悲しむさまを見て詠んだとあるが、部立は《秋上》である。

《釈教》 奥山にひとりうきよはさとりにき　つねなき色を風にながめて

これが二十三の青年が詠んだものだと想像出来るだろうか。勿論、《縁覚——師なく一人で悟り切った人》という歌題での題詠歌ではあるが、下句《つねなき色を風にながめて》はちょっと思い付かないであろう。無常のこの世界を奥山の風の音を聞いて悟ったというのである。「聞く」と言わずに《ながめて》と言う。良経の悟った顔が目に浮かぶ。

『六百番歌合』からは十首が入集した。

《春上》　空は猶霞みもやらず風寒《さ》えて　雪げにくもる春の夜の月

既に述べたが、《余寒《よかん》》という題にぴったりな秀歌である。そして、モノクロームの美しさが良経らしい。春は朧月夜というが、この歌では《雪気—雪模様》にくもる朧月夜ということで、ここに足踏みしている春の到来を暗示しているのであろう。

《春下》　吉野山　はなの古郷跡たえて　むなしき枝に春風ぞ吹く

《むなしき枝》なる表現は良経ならではのものであろう。後に出て来る『南海漁父百首』の《むなしき空》と一対の歌である。

《夏》　かさねても涼しかりけり　夏衣　うすき袂に月やどるかげ

《月のかげ》とは勿論「月の光」ではあるが、月の光を重ねても涼しいと少し理に過ぎた歌に思える。当時の寝殿造りでは「廂《ひさし》」か「簀子《すのこ》」にでも床を取らなくては、このような状況はむつかしかろうとは思うが、こういう風流が好まれたのであろう。多分絵を見ての詠であろう。

《秋上》　物おもはでかかる露やは袖におく　詠《なが》めてけりな　秋の夕暮

この歌は先の《月だにもなぐさめがたき秋の夜の　心もしらぬ松の風かな》に通じる哀愁味はあるが、ただ、《やは》と反語を使うなど少しひねくれていよう。句切れも三句四句切れで三年の歳月を感じる。新古今の歌と誰もが納得出来るような歌である。

《秋下》　ははそはら滴も色やかはるらん　杜の下草秋深《ふ》けにけり

《ははそはら》とは「柞原《ははそはら》」でコナラやクヌギの生えた原のことか、あるいは当時はどこかの固有名詞として有名で歌枕にでもなっていたのだろうか。それ程の秀歌とは思えないが院の推挙があったのであろう。院は《滴も色やかはるらん》に着目したのかもしれない。

《秋下》　龍田姫いまはの比《ころ》の秋風に　時雨をいそぐ人の袖かな

これは複雑な技巧的な新古今らしい一首であろう。《龍田姫》とは秋の象徴、《時雨》を袖に流すとは侘しさから紅涙を流すということである。晩秋の頃、その寂寞の思いから紅葉のような涙を流すというのである。

《恋二》　もらすなよ　雲ゐる嶺の初時雨　このはは下に色かはる共

これも新古今らしい技巧の歌であると共に新古今人らしい恋のありようである。《忍恋》という題詠歌である。一句切れに決意のほどを感じる。

《恋二》　いくよわれ　浪にしをれて　き舟川　袖に玉ちる物思ふらん

この歌については既に述べた。このように恋の成就を貴船神社に祈る程の真剣さもあったのである。ただ、《祈恋》という題詠歌である。良経の心情を映しているとは言えないだろう。

《恋四》　思ひかねうちぬるよひもありなまし　ふきだにすさべ　庭の松かぜ

この歌についても既に述べた。新古今人もこのように恋に思い悩むことを善しとしたのだろうか。ただ、これとても《寄木恋》という題詠歌であるが、巧みに詠むにはそれだけの修練を要したのであろう。想像力の勝負である。四季歌がうまく作れなければこういう歌題はむつかしかろう。その点良経には有利な歌題であったのかもしれない。

《恋四》　いつも聞く物とや人のおもふらん　こぬ夕暮の秋風の声

この歌については『六百番歌合』の項で述べたので繰り返す積りはないが、やはり、この待つ女のやるせなさに胸が痛もう。人は同じ秋風と思うだろうが、待つ身には心が乱されるという。題詠歌であってもリアリティーがある。

《哀傷》　春霞かすみし空のなごりさへ　けふをかぎりの別れなりけり

これは定家の母が亡くなった時に定家に贈ったお悔やみの歌で、二十五歳の作である。春霞に火葬の煙を掛けたものである。

次に『南海漁父百首』からの五首を見て行こう。

《秋上》　暮れかかるむなしき空の秋をみて　おぼえずたまる袖の露かな

《むなしき空》は良経らしい。『後京極殿御自歌合』には別の《むなしき空の秋の夕暮》があった。《六百番歌合》の《むなしき枝》には「花の落ちた枝」という具体性があるが、《空》については、どう思ったのだろうか。「雲がない」というだけではないだろう。吸い込まれるような秋の薄暮の空、ここに虚空を見ていたのであろうか。何ものにも妨げられない自由な空間、菩薩となってこの空間を飛翔したいと願ったのだろう。しかし、現実はそうは行かない。涙が出てしまった。単なる秋の夕暮に対する感傷ではないだろう。

《冬》　消えかへり岩まにまよふ水のあわの　しばし宿かるうす氷哉

《まよふ》という言葉が出て来るには、それなりの背景があるのであろう。《まよふ》とか《むなしき》とかは仏教の素養がなくては発想出来ないと思われる。『南海漁父百首』を慈円との歌合へと発展させようとの思いがあったればこその詞使いではなかっただろうか。

《冬》　枕にも袖にも涙つららゐて　結ばぬ夢をとふ嵐かな

冬の歌として鑑賞出来るだろうが、この上句が気になろう。何ゆえの涙なのだろうか。恋のためだろうか。この頃の良経には何ら不安はなかった筈なのに、涙を流して眠れないとは。しかし、幸福期にあって、慈円と歌を交わしたいというところに何か仏教的背景があったのだろうか。『六百番歌合』を完成させたばかりのこの時期、他人には分からない、心の葛藤でもあったのだろうか。後に言及することになる『正治二年初度百首』にある《かたしきの》の歌の心に通うものであろう。

《羇旅》　もろともに出でし空こそ忘られね　都の山の有明の月

《もろともに》とは《有明の月》とである。《有明の月》と共に旅に出るのである。

《雑下》　われながら心のはてをしらぬかな　すてられぬよの又いとはしき

良経の心には常に修行僧への憧れのようなものでもあったのだろうか。《枕にも袖にも》の歌の背景はこのようなものだったのかもしれない。

次に『南海漁父百首』の翌年と思われる二十七歳の頃の歌を挙げておこう。

《夏》　打ちしめりあやめぞかをる　郭公《ほととぎす》　鳴くや五月の雨の夕ぐれ

本歌の恋歌（『古今和歌集』四六九番――読み人知らずの《ほととぎすなくやさ月のあやめぐさあやにもしらぬこひもする哉》）を借りて恋歌でない夏の歌を作る。良経らしい作り方であろう。《あやめの香り》《郭公》《五月雨》が夕暮の中でコラボレーションする。何とも贅沢である。

次に同じ年の『治承題百首』の三首を見てみよう。

《春上》　み吉野は山もかすみて　しら雪のふりにし里に春はきにけり

巻頭飾った見事な歌である。詠み口が素晴らしい。しかし、墨絵を見るようでもある。全てはモノクロームの中で展開されているのに、春の喜びが感じられる不思議な歌である。

《冬》　いそのかみ　ふるののをざさ霜をへて　一夜ばかりにのこる年哉

上句は《一夜》への序詞である。要するに今年もこの一夜だけになってしまったというのである。建久六年（一一九五）の暮れの歌であろうか。

《恋二》　又もこん秋をたのむのかりだにも　鳴きてぞ帰る　春のあけぼの

《後朝《きぬぎぬ》》の別れの歌である。良経の恋歌にしては秀逸であろう。ただ、《鳴きてぞ帰る》はやはり良経らしい。言外に何時会えるか分からないので泣いて帰るというのである。

これで良経歌壇の百首歌を終えて、『秋篠月清集』から入集した歌を取り上げよう。全部で八首あるが、詠出時期はばらばらである。二十五歳の時、母を失った定家へのお悔やみの歌と二十七歳の《打しめり……》の歌、合わせて二首は既に取り上げたので残り六首である。更に、詠出時期の分からない歌一首は最後に回したので、ここでは五首を取り上げる。

《神祇》　神風や　みもすそ川のそのかみに　契りし事の末をたがふな

この歌は既に述べた如く建久六年（一一九五）三月四日、伊勢神宮に公卿勅使として参拝した時のものである（『南海漁父北山樵客百番歌合』の項参照）。

《雑中》　昔きくあまのかはらを尋ねきて　跡なき水をながむばかりぞ

この歌の本歌は『伊勢物語』（八十二段）の業平の歌《狩り暮らし棚機《たなばた》つ女《め》に宿からむ天の

河原に我はきにけり》で、《天野川》は現交野市を流れ淀川に注ぐ川である。この業平の故事にちなんだ歌ではあるが、何とも素っ気ない。この歌も建久九年（一一九八）以前の作ではあるが、詠出時期は不明である。

《賀歌》　かすが山　都のみなみしかぞ思ふ　北の藤浪春にあへとは

この歌と次の歌は勅勘を解かれた年の翌年、正治二年閏二月一日に良経家で披講された『十題撰歌合』の歌である。題は《春祝》である。このような歌も良経は得意であった。《しか》は「かく」――このようにである。従って、《しかぞ思ふ》は「こう思う、こう祈る」である。京師の南に春日神社がある。その氏社の北にいる藤原氏の弥栄を祈るというものである。《北の藤浪》は「藤原北家」、つまり藤原北家房前の後裔である良経藤原家を意味していることは論を俟たない。同じ時、

《恋一》　うつせみの　鳴くねやよそにもりの露　ほしあへぬ袖を人のとふまで

が詠まれた。歌題は《夏恋》である。《うつせみ》、ここでは本物の蝉のことである。非常に技巧的な歌であろう。《もり》は「杜」と「もれる」を掛けたもので「蝉の鳴く声が漏れて聞えるだろうか――自分の泣く声が聞こえるだろうか」を言い、又、《露》は杜の縁語で「涙」

を表している。大袈裟に乾き切らないほど流した涙を人は何の涙かと訊くだろうよというのである。良経にしてはしつこい恋歌であろうか。

三十二歳の正治二年（一二〇〇）七月十三日に妻を失い俊成から慰めの歌を贈られる。その返歌である。

《哀傷》　みし夢にやがてまぎれぬ我が身こそ　とはるるけふもまづ悲しけれ

この歌については『正治二年初度百首』の項で取り上げたが、良経の本音が詠われているのであろう。そこから見えて来る良経の誠実で優しい性格こそが恋歌にも反映されているのだろうか。その性格故に恋の題詠歌はうまく詠えなかったのだろうか。この歌から妻への愛情が強烈に伝わっては来るが、それと同時に世をはかなんでいる様子もうかがえる。葬儀の後、慈円と仏道修行へ出掛けようとしたのである。勿論、止められた。

これで、前半部分を終えて、仙洞歌壇で活躍した良経の歌に移る。まずは『正治二年初度百首』で詠進した十七首から入る。

《春上》　帰る雁　いまはの心有明に　月と花との名こそをしけれ

《いまはの心有明に》が新古今らしい。本歌は『古今和歌集』三十一番の《春霞立つを見捨てて行く雁は花なき里に住みやならへる》で、もっとストレートに詠われている。

《春上》　ときはなる山の岩ねにむす苔の　そめぬ緑に春雨ぞふる

《そめぬ緑に春雨ぞふる》のぐにゅぐにゅしたところが好まれたのであろうか。実際には春雨が染めている、その鮮やかさを愛でているのである。

《春下》　はつせ山　うつろふ花に春暮れて　まがひし雲ぞ嶺にのこれる

《まがひし》が鍵であろう。雲と見紛うた花が散って本物の雲がかかっているというのである。この三首を見ると良経の歌も少し屈折して来たように思える。仙洞歌壇で少し時代に迎合しなくてはならないと良経は歌に対する見方を変えて来たのであろうか。

《春下》　あすよりはしがの花ぞのまれにだに　誰かはとはん　はるのふる郷

これこそ良経歌であろう。人間に対してちょっと冷たい視線を感じる一方で、春の別れへの哀惜の念を滲ませており、春の巻の巻軸歌としてとても相応しい。

《夏》　いさり火の昔の光ほの見えて　あしやの里に飛ぶ蛍哉

これも良経らしい佳吟である。この歌の本歌は『伊勢物語』八十七段にあるが、同時に『新古今和歌集』の《雑中》に業平の歌として出ている。良経は何気なく《昔の光》というが、それが却ってロマンティシズムを駆り立てよう。

《夏》　秋ちかきけしきの杜に鳴くせみの　涙の露や下葉そむらん

良経の動物に対する慈しみの滲み出ている佳吟である。《蝉の涙》に死を迎えつつある悲しみを良経も憐れんでいるのである。

《秋上》　をぎの葉にふけば嵐の秋なるを　待ちけるよはのさをしかの聲

何の変哲もないと思うだろうが、しみじみとした味わいがある。《さをしかの聲》と言ったところに前歌と同様の慈しみを感じよう。

《秋上》　おしなべて思ひしことの数々に　猶色ませる秋の夕暮

この《数々》に良経の思いが詰まっているのだろうが、具体的には探し出せないのが残念ではある。又、それが却ってこの歌に深みを与えているのだろう。秋の夕暮と共に。

《秋下》　きりぎりす鳴くや霜夜のさむしろに　衣かたしきひとりかもねん

定家によって『小倉百人一首』に採られた良経の代表作である。この歌は良経自身の孤独感を滲ませてはいるが、先に挙げた《秋ちかきけしきの杜に鳴くせみの　涙の露や下葉そむらん》と一対となるような歌ではないだろうか。《きりぎりす》の方はひとり弱り行くきりぎりすの命に世の無常はかなさを感じ、人間も同じく孤独な存在で、ひとり寂しく命を終えて行くのだろうと悲しみながら、そして、《せみ》の方も同じく弱り行く蝉の命に世の無常はかなさを感じる中で、蝉への同情心を滲ませながら、生きとし生けるもの全てに課せられた宿命を訴えているのである。《霜夜》や《ひとり寝》、《秋》や《涙》はその象徴として置かれているのであろう。

《冬》　ささの葉はみ山もさやに打そよぎ　氷れる霜を吹く嵐哉

恋歌の本歌を四季の歌に作り替えるのは良経の得意技の一つであろう。次の歌も同じ発想である。

《冬》　かたしきの袖の氷も結ぼほれ　とけてねぬ夜の夢ぞみじかき

この歌の本歌は『源氏物語』朝顔の巻に出て来る《とけて寝ぬ寝覚寂しき冬の夜に結ぼほれつる夢の短さ》であるが、これは藤壺の霊が夢枕に立ち、驚きの余りに目覚めて光源氏が詠んだもので、藤壺の恨み節に我が身を恥じての詠である。ところが、良経の歌はそれとは全く関係のないシチュエーションで詠われている。しかも、《かたしき》とある。ひとり寝である。ただ、良経がどんな夢を見ていたのかは分からない。『新古今和歌集』では既に紹介した『南海漁父百首』の《消えかへり……》や《枕にも袖にも……》の歌が、この《かたしきの……》の歌の前に置かれている。従って、想像するにやはり、無常感あるいは人間存在の孤独感と言ったものに触発されての詠であろう。

《賀歌》　敷島や　やまとしまねも神世より　君が為とや固めおきけん

良経はこういう歌も上手い。ゴマすり歌である。《敷島や》は《やまと》の枕詞、神代の昔から、この日本国は君のためにしっかりと作られていたのであろうかというのである。こういうところが院には可愛かったのではなかろうか。

《恋一》　かぢをたえ　ゆらの湊による舟の　便りもしらぬ沖つ潮風

《かぢをたえ》も《便りもしらぬ》もどうしてよいやら分からないというのである。情けないことである。《潮風》は恋の邪魔立てという意なのであろう。尤も、題詠歌であることを考慮しなければならない。リアリティーがなくとも聞き手がさもありなんと見ればそれで評価は決まる世界である。ただ、そういうように詠む詠み手の心内や性格は推し量れるであろう。

《恋二》　恋をのみ　すまの浦人もしほたれ　ほしあへぬ袖のはてをしらばや

この歌も良経の恋歌の特徴を言い当てた歌である。そして、新古今時代に相応しいレトリックな歌でもある。《すまの浦人》を出したのは古今の行平の歌の下句《もしほたれつつわぶとこたへよ》を引き出すためである。そして、どうかと言えば、涙に暮れてこの先どうしてよいやら分からないというのだから、その心は前歌と同じなのである。

《恋四》　いはざりき　いまこんまでの空の雲　月日へだてて物おもへとは

この歌は女歌である。良経はこのような女歌も得意であった。こういう方がリアリティーに富んでいて男の読み手には応えるに違いない。

《雑上》　月見ばといひしばかりの人はこで　まきのとたたく庭の松かぜ

《秋》という題詠歌である。しかし、良経の思い付いた本歌は恋歌である。その恋歌を題に従って改築した。下句の《まきのとたたく》が素晴らしい。皮肉でもある。ここに良経の巧みさがあろう。《ささの葉……》や《かたしきの……》と同様で恋歌の本歌を四季歌に巧みに翻案している。

《雑中》　忘れじの人だにとはぬ山ぢかな　桜は雪にふりかはれども

この歌の本歌は『伊勢物語』八十三段の業平の歌で《忘れては夢かとぞ思ふ思ひきや雪踏み分けて君を見むとは》である。文徳天皇の惟喬《これたか》親王が皇位継承を阻まれ出家して大原に隠棲するのだが、業平が正月雪の中を尋ねる場面で詠われたものである。良経の歌はもっと悲しい情景ではあるが、なかなか良い歌ではないだろうか。桜の頃訪ねて来て、又来るからと言ったのに、もう雪の季節になってしまったというのである。女の恋歌にしても良いではないか。

これで『正治二年初度百首』を終えるが、『千五百番歌合』までの間に『老若五十首歌合』『新宮撰歌合』などがあって、五首が入集している。

四首が入集した『老若五十首歌合』は建仁元年（一二〇一）二月、仙洞御所で開かれた歌合である。左右に老若が分かれた。この歌合のメンバーは左方に老人方で忠良、慈円、定家、家隆、寂蓮らが務め、右方は若人方で女房役の後鳥羽院、良経、宮内卿局、越前局、雅経であった。歌題は《春》《夏》《秋》《冬》《雑》各十首である。

《夏》　蛍とぶ野澤に茂るあしのねの　よなよな下にかよふあき風

《蛍》と《あき風》のコントラストが面白い。蛍の飛ぶ中で秋を感じているのである。《よなよな》は《夜な夜な》である。

《秋上》　雲はみなはらひはてたる秋風を　松に残して月をみるかな

良経は詞使いが巧みである。《はらひはてる》《松に残して》など独特である。何とも斬新に聞こえるではないか。誰が秋風を残したのか、これぞ正しく宇宙の摂理と良経は宇宙の美意識に対する畏敬の念を抱いたのである。

《冬》　水上《みなかみ》や　たえだえ氷る岩まより　清滝川にのこるしらなみ

風景としては平凡であろうが、《たえだえ》が《のこる》を引き出している。又、《しらなみ》が鮮やかな風景を演出しているのだろう。

《冬》　月ぞすむ　誰かはここにきの国や　吹上の千鳥ひとり鳴くなり

《誰かはここにきの国や》は《ひとり》を強調するために置かれている。月に照らし出された誰もいない吹上の浜に千鳥だけが独り鳴いている。彼の好きな情景ではあるが、凄みを感じる一首である。

次に建仁元年（一二〇一）三月の『新宮撰歌合』の一首。

《秋上》　時しもあれ　古郷人は音もせで　み山の月に秋風ぞ吹く

このような独居の侘しさを詠うと良経かなと思う。《時しもあれ》（時も時）と《秋風ぞ吹く》が独居の侘しさを一層掻き立てるというのである。

次に『千五百番歌合』からの入集歌十首に移ろう。『千五百番歌合』は建仁元年（一二〇一）六月に詠進の下命があったが、成立は建仁三年（一二〇三）にずれ込んだ。詠進の時期は下命の建仁元年（一二〇一）六月とした。

《夏》　有明のつれなくみえし月は出でぬ　山郭公《ほととぎす》待つ夜ながらに

この歌も恋歌の本歌を四季歌に翻案したものである。本歌は『古今和歌集』の壬生忠岑《みぶのただみね》の《有明のつれなくみえし別れより　暁ばかりうきものはなし》であるが、これは後朝《きぬぎぬ》の別れで女が私のことを冷淡だと言って別れた日より、明け方の月をみると憂鬱になるというのを、良経はい、い、い、ほととぎすのつれなさを詠ったのである。

《秋上》　ふか草の露のよすがを契りにて　里をばかれず秋はきにけり

この歌も恋歌からの翻案である。良経の得意技であると同時に何か恋の歌を避けるような気配さえ感じる。ここに、彼が人間より自然の風物により魅かれていたのではないかと思われるのである。そのことが彼の歌に陰影を生むことになるのであろう。

《賀歌》　ぬれてほす玉ぐしの葉の　露霜に　あまてる光いくよへぬらん

良経は他人を思いやる優しい性格だったのであろう。このような歌――『正治二年初度百首』でも《敷島や……》と詠ったように《賀歌》が得意であったというのは勿論ゴマすりもあったであろうが、しかし、他人を思いやる心根がなければ簡単には詠えないであろう。『新古今和歌集』の賀歌五十首のうち、良経歌は四首、俊成が三首に対して、定家は一首である。このような歌数からも良経の性格が読めるのではないだろうか。

《恋二》　歎かずよ　いまはたおなじ　なとり河　せぜの埋木《むもれ》くちはてぬとも

《くちはてぬとも》の決意のほどに良経の恋歌らしくない執念の強さを感じよう。

《恋二》　身にそへる其の面影も消えななむ　夢なりけりと忘るばかりに

こういう恋歌に出会うとああ、良経だと安心する。女歌だと言えば納得するだろうが、それなら面白味はない。これが良経の歌と言えば、なるほどと言い、当時の恋愛観にも納得するようにも思える。こういう心の葛藤を彼らは楽しんだのであろう。遊戯としての恋歌合であろうか。

《恋四》　めぐりあはん限りはいつとしらねども　月なへだてそ　よその浮雲

本歌を離れて恋の行方を追うことを楽しんでいたのであろう。それこそが歌合の楽しみ方、如何に古歌に通じているか、しかも、それに共感させる、共感すればその人の教養を愛でる、それをひねって見せれば尚のこと喝采される、そんなことを楽しみにしていたに違いない。リアリティーはどうでもよかったのだろう。『源氏物語』にあるような恋愛はこの時代には現実にはあり得なかったのではなかろうか。人々は皆内向きに過ごしていたように思える。

《恋四》　我が涙もとめて袖にやどれ月　さりとて人のかげはみえねど

この三首、同じ心を詠んでいる。しかも、『新古今和歌集』に入集している。恋は当時こういうものだったのだろうか。いや、恋愛はもはや見果てぬ夢だったのかもしれない。

《雑下》　舟のうち浪の下にぞおいにける　あまのしわざもいとまなのよや

良経の心を映した歌であろう。だからこそ、《南海漁父》を名乗ったり、《西洞隠士》を名乗ることが出来たのであろう。

《雑下》　うき沈みこんよはさてもいかにぞと　心にとひて答へかねぬる

正直な人だ。極楽往生の叶わないようなことでもあったのだろうか。そんなことはあり得ない。もっと自信を持つべきだ。でも、そう思うとこんな歌は詠めまい。

《雑下》　おしかへし物を思ふは苦しきに　しらず顔にてよをや過ぎまし

この三首、何でそんなに苦しむのか、でも、ここに良経の魅力があるのだ。そのような考え、感じ方に至れたのは仏教との出会いがあったからであろう。これこそペーソスの源泉である。

これで、仙洞歌壇における、百首歌を終え、仙洞歌壇での幾つかの歌会で詠進した他の歌を見て行こう。建仁元年（一二〇一）八月三日から九月二十六日までの八首である。

八月三日の『影供歌合』の一首。

《雑中》　人すまぬふはの関屋のいたびさし　あれにし後はただ秋の風

《ふか草の》の歌と同様、侘しさの伝わってくる良経得意な歌であろう。

八月十五日の『影供歌合』から二首。

《恋一》　難波人　いかなるえにかくちはてん　あふ事なみに身をつくしつつ

恋の不成就を前世の縁のせいにしている。尤もこれも《忍恋》という題詠歌である。一種の遊びであるのだ。

《恋四》　わくらばに待ちつる宵もふけにけり　さやは契りし　山のはの月

これも《月前恋》の題詠歌である。たまさかに来るというので待っていたが、もう山の端に月が出ている、そんな約束だったのだろうかというのである。これは女の恋歌である。遊びとして楽しんだのであろう。

次の二首は八月十五日の詠作である。

《秋上》　深からぬと山の庵のねざめだに　さぞなこのまの月はさびしき

歌題は《深山暁月》である。《深山》というけれど歌は、深くないという。それでも月をみると寂しくなる、ましてや深山ではというのである。明らかにお遊びである。

《秋下》　里はあれて月やあらぬとうらみても　誰あさぢふに衣うつらん

歌題は《月下擣衣》である。《月やあらぬ》は有名な業平の《月やあらぬ春やむかしの春ならぬ我身ひとつはもとの身にして》から借りたものであるが、恋人を失い我が家は荒れ果て、我が身は落魄の身に落ちた、でも昔の恋人を思って衣を打って思いを恋人に届けようとしている、あの人は誰だろうかというのであろう。月だけは昔の月だという。

詠歌時期は不明ではあるが、青木賢豪氏は八月十五日ではないかと推定している（『藤原良経全歌集とその研究』）歌がある。

《羇旅》　忘れじと契りて出でし面影は　みゆらん物を　ふる郷の月

詞書に《月前の旅といへる心を人々につかうまつりしに》とある題詠歌である。故郷からは何の消息もないという恨み節である。《月見ばと……》《時しもあれ……》など同様、当てにしていた人からすっぽかされての詠である。しかし、そこに独居の《月》があり、《秋風》があり、それを却って楽しんでいる風情もある。

次に『仙洞句題五十首』から二首。

《秋上》　古郷のもとあらのこはぎ咲きしより　よなよな庭の月ぞうつれる

《月前草花》という歌題である。《もとあらのこはぎ》とは「根もとの葉の粗い小萩」で、咲いた時から夜な夜な露が降りて月の光が光っているというのである。

《秋上》　行末は空もひとつのむさし野に　草のはらよりいづる月影

《野径月》が歌題で、野の小道から見る月というのであるが、良経は広大な武蔵野をイメージして草原と空が一体となった空間に浮かぶ月を詠んだ。なかなかな想像力である。

次に『水無瀬恋十五首歌合』からの恋歌三首を取り上げよう。この歌合は建仁二年(一二〇二)九月十三夜、水無瀬殿にて行われた。歌題は十五首の恋の歌である。詠者は院、良経、慈円、定家など十人で、俊成が加判している。良経は『六百番歌合』で《見し人のねくたれ髪の面影に涙かきやる小夜の手枕》といったエロティックとも言える恋歌を詠む一方で、彼の恋歌は余情に溢れるとはいってもとても控えめで、恋歌の名手とは言い難いが、当時はこのような詞の紡ぎ方が好まれたのであろう。この控えめさは家柄の良さだけでは説明出来ない。もし、出自の良さを映しているのだったら、父兼実の恋歌にもそれが現れていても良いだろうに、兼実の歌は激しい。兼実は関白忠通の息ではあるが、母親の出自の低いせいで苦労して位階の階梯を上ったが、良経は兼実のお陰で、学問だけに専念するだけで少年期を過ごし、棚ぼた的に兄の急死で政界に出仕するようになったことが、彼の性格を温厚にしたのであろう。恋歌にはそんな彼の過去が反映されているように思える。あるいは、もっと穿ってしまうと彼は女への願望があって、女の立場から恋歌を詠んだのだろうか。従って、この『水無瀬恋十五首歌合』でも、男くさい恋歌というより何やら四季の歌のように透明感が滲んで来よう。

《恋二》　草ふかき夏野分けゆくさをしかの　ねをこそたてね　露ぞこぼるる

《露》とは涙で、《ねをこそたてね》と合わせると、泣いてはいないが、恋のために涙を流しているというのである。ここに《夏》を入れているところが秀逸であろう。夏のさをしかは鳴かないのである。判者の俊成はこの下句が良いと言って勝ちにしている。

《恋二》　山がつのあさのさ衣　をさをあらみ　あはで月日やすぎふける庵《いほ》

これは技巧の歌である。こういうのが好まれたのであろう。本歌は『古今和歌集』の恋歌（七五八番）《すまのあまのしほやき衣をさをあらみまどほにあれや君がきまさぬ》で、そこから《をさをあらみ》だけを借り、「逢瀬」が間遠なことを主題に、《海人》を《山がつ》に替え、杉の庵で逢えない月日が過ぎて行くのだろうかと思いを募らせているのである。判者は下の句について《ことの外にまさりて侍るとて》勝ちとしている。

《恋三》　何ゆゑと思ひもいれぬ夕べだに　待ち出でし物を　山のはの月

詞書に《夕べの恋といへる心を》となっている。「ただですらわけもなく待ち遠しい山のはの月」が恋をしていると尚更待ち遠しいというのである。良経にしては逢瀬への高鳴りを感じる恋歌である。しかし、その裏には『千載和歌集』で詠んでいた《秋はをし》の歌にあったように《山の端の月》への思いが常日頃から強いということを隠しているようである。

《賀》　おしなべてこのめも春のあさみどり　松にぞ千代の色はこもれる

建仁三年（一二〇三）正月十五日、京極殿にての年初めの歌会で《松有春色》という題で詠んだものであるが、御門の永遠なるご繁栄を願ったもので、これは天皇家と特別の関係を持ち続けている藤原家として、当然の詠歌である。この歌も次の歌と同様、院と良経との良好な関係を示した歌と言えよう。『新古今和歌集』に院自らが入集させたのである。次の歌はエピソードのとても面白い歌である。

《春下》　さそはれぬ人のためとや残りけん　あすより先の花の白雪

詞書によれば建仁三年（一二〇三）二月二十五日、院は仙洞を出られて内裏での花見の会に出られたが、良経は誘われていなかった。そこで、院は散った花びらを硯箱の蓋に入れて歌《今日だにも庭を盛りとうつる花　消えずはありとも雪かとみよ》と共に良経に贈った。その返歌である。誘われなかった私のために残ったのでしょうか、明日になる前に散ってしまったこの白雪のような花びらをというのである。《あすより先――先とは前《さき》である》とは《今日》のことで院の贈歌に呼応したのである。院の心尽くしへの感謝の返歌である。良経はこのことを非常に名誉と思い、院に是非『新古今和歌集』に入れて欲しいと懇願したことが院の『後鳥羽院御口伝』に書かれている。佳吟とは思えないが、良経は《これ詮（完全無欠）なり》と言ったとある。勿論、院の贈歌も『新古今和歌集』にある。院が良経を信頼していた証にもなろうか。

《夏》　を山だに引くしめなわの　打はへてくちやしぬらん　五月雨のころ

この歌は建仁三年（一二〇三）十一月二十三日、和歌所で開かれた俊成の九十賀の祝宴の際に俊成の賜った屏風の五月雨の絵を見ての詠である。山田に張った注連縄《しめなわ》が朽ち果てるだろうか、いやそんなことはない、五月雨の頃でさえと俊成の長寿を祝ったのである。しかし、この歌にはもっと深い賛辞が含まれている。《山田》とは和歌文学のことで、その領域に注連縄を張って伝統を守り、更に発展させ、今日の和歌文学の隆昌をもたらした俊成の功績を称えたものである。勿論、その注連縄は将来にわたって我々が守り抜くという決意も含まれているのである。良経が俊成を師と仰いで来たのだから、そのような賛辞が含まれていることを推量することは許されよう。

俊成は残念ながら翌年元久元年（一二〇四）十一月三十日、九十一で『新古今和歌集』の完成を見ずに亡くなってしまう。

《恋一》　いそのかみ　布留《ふる》の神杉《かみすぎ》ふりぬれど　色にはいでず　露も時雨も

青木賢豪氏によればこの歌は定家本の『秋篠月清集』にはなく、教家本『秋篠月清集』に《北野宮歌合　久恋》との詞書の下にあるという。しかし、詠われなかったのか、記載漏れなのか『北野宮歌合』には見当たらない。もし『北野宮歌合』に際して詠まれたとすれば、その時期は元久元年（一二〇四）十一月のことで、次の歌と共に良経の『新古今和歌集』に載る最後の歌に属しよう。布留の神杉がいかなる状況下でも色が変わらず年月を重ねているように自分の恋も色には出さないいさというのだろうが、新古今時代らしく題詠歌らしいむなしい思いのする恋歌であろう。

次は詞書に《春日社歌合に、暁月の心を》とあるので、元久元年（一二〇四）十一月十日の歌合の際の歌であろう。『新古今和歌集』に入集した最後の歌と思われる。

《雑上》　あまのとを　おし明けがたの雲まより　神よの月の影ぞのこれる

この歌は藤原氏としての誇りを高らかに詠ったものである。春日社は藤原氏の氏社であり、《神よの月》とは「天の岩戸」の時代へ遡った「藤原氏の祖、天児屋根命」を指しているのだろう。これがアンソロジーを閉じる歌となったことに何がしかの運命らしきものを感じざるを得まい。そして、最後に詠出時期の不明な歌を以って、本節を閉じたい。

《恋四》　思ひいでて　夜な夜な月に尋ねずば　まてと契りし中や絶えなん

思い出して夜ごと月にあなたどうしているのかしらと訊いていないと、待ってってと言われた約束が反故になってしまうわというのである。この歌の詠出時期は不明であるが、《夜な夜な》を使っているところから、仙洞歌壇時代の歌のようにも思えるが、もし、そうなら、何かの歌合で詠まれたとの記録があっても良い筈だが、『秋篠月清集』の詞書はただ、《いかなりける時にか》とあるだけである。この詞書良経自身の言葉だとすれば記憶にないのだから、昔の歌ではと考え、一応、建久の政変以前の歌とした。この歌は院によって撰歌されているが、新しい歌であれば如何なる時に詠んだのか院はご存じの筈であろう。

これで、『新古今和歌集』についての概観を終えたい。

(二) 良経歌のペーソスとその源泉

何故、定家は百人一首に数多くの良経の歌からこの一首《きりぎりす鳴くや霜夜のさむしろに衣かたしきひとりかもねん》を選んだのだろうか。定家は後鳥羽院に歌の評価とは別に人格的に好まれていなかった。しかし、良経は逆に後鳥羽院とは詠作の面でも、臣下としてもお気に入りであった。この三角関係を見る限り定家が良経に良い感情を持てなかったと下衆は勘ぐるかもしれない。しかし、定家は良経を年下とはいえその歌を適正に理解して高く評価し、主人である以上に誠実に仕えていた。そんな事情の下で何故、定家はこの《きりぎりす》の歌を良経の代表作として選んだのだろうか。定家はこの歌に良経歌の本質を見抜いていたということではないだろうか。誰もがこの歌によって何らかのやり切れない、人間の孤独というものを感じる筈である。そう印象付けるのは良経の詞使いにあるのだろう。この《きりぎりす》の歌に使われている《きりぎりす》《霜夜》《かたしき》《ひとり》は全て人間存在の孤独さ世の無常はかなさを想起させるものである。弱り行く《きりぎりす》の鳴き声に生命の有限さを、《霜夜》はきりぎりすの命を奪う過酷さを、《かたしき》は《ひとりかもねん》を更に強調して宿命的な生きとし生けるもの全ての孤独さをいやがうえにも思い起こさせている。この歌ではこのような人間存在の本質的な、あまり触れたくない生の有限性を正面から訴えているのである。そして、重要なのはこの歌だけなのだろうかということである。その点について彼の全作品の中の共通部分を取り出して、良経歌の本質的特徴を洗い出してみたい。更にはそのような人生観を生んだ背景にも触れて行きたい。そのためにまずいろいろな切り口で良経歌をくって見ることにした。以下、切り口ごとに歌をそれぞれ時系列に従って並べた。カッコ内は次の略記である。（千載）は『千載和歌集』、（花月）は『花月百首』、（二夜）は『二夜百首』、（十題）は『十題百首』、（六百）は『六百番歌合』、（治承）は『治承題百首』、（西洞）は『西洞隠士百首』、（自歌合）は『後京極殿御自歌合』、（正治）は『正治二年初度百首』、（千五百）は『千五百番歌合』、（秋篠）は『秋篠月清集』、（老若）は『老若五十首歌合』、（仙洞）は『仙洞句題五十首』、（水無瀬）は『水無瀬恋十五首歌合』、（影供）は『影供歌合』である。尚、△は『千載和歌集』入集歌、○は『新古今和歌集』入集歌を示す。

一、《詞使い》によるくくり

（イ）《ひとり》の多用（《かたしき》は《ひとり》と同様の表現とする）

△さゆる夜の真木の板屋のひとり寝に心くだけとあられ降るなり（千載）
△ひとりのみ苦しき海を渡るとや底を悟らぬ人は見るらん（千載）
ひとり寝る閨の板間に風もれてさむしろ照らす秋の夜の月（花月）
○奥山にひとりうきよはさとりにきつねなき色を風にながめて（十題）
ひとり寝る葦の丸屋の下露に床を並べて鶉鳴く也（六百）
浮世かなひとりいはやの奥に住む苔の袂も猶しをるなり（治承）
○きりぎりす鳴くや霜夜のさむしろに衣かたしきひとりかもねん（正治）
○かたしきの袖の氷も結ぼほれとけてねぬ夜の夢ぞみじかき（正治）
○月見ばといひしばかりの人はこでまきのとたたく庭の松かぜ（正治）
○忘れじの人だにとはぬ山ぢかな桜は雪にふりかはれども（正治）
ゆふまぐれ木だかき杜にすむ鳩のひとり友よぶ声ぞさびしき（正治）
○月ぞすむ誰かはここにきの国や吹上の千鳥ひとり鳴くなり（老若）

注：《人はこで》《人だにとはぬ》などは他の《ひとり》と言葉の上では異なるが、人と人との関係の希薄さ不信感を嘆いたもので本質的には人間の孤独さにつながると考えここに加えた。尚、これら二首は雑歌の中に撰歌されていることも重要である。《月見ばと》の歌は前後に読み人知らずの《たのめこし人をまつちの山

かぜにさ夜ふけしかば月もいりにき》、慈円の《山里に月はみるやと人はこず空行く風ぞこの葉をもとふ》がある。又、《忘れじの》の歌は本歌とは逆の心情を詠っていることも人間不信の歌と言えるであろう。

（ロ）《ひとつ》の多用

△ながむればかすめる空の浮雲とひとつになりぬ帰るかりがね（千載）
△さまざまの浅茅が原の虫の音をあはれひとつに聞きぞなしつる（千載）
思ひやる心にかすむ海山もひとつになせる月の影かな（花月）
友とみよ鳴尾に立てる一松夜な夜なわれもさて過ぐる身ぞ（二夜）
見し秋を何に残さん草の原ひとつに変る野辺のけしきに（六百）
人の世はおもへばなべてあだしの野のよもぎがもとのひとつ白露（南海）
○行末は空もひとつのむさし野に草のはらよりいづる月影（仙洞）

《ひとつ》には二種類あろう。前三首及び七首目は「ひとつに合わさる」という意であり、他の三首は「孤独」という意を含んでいる。《友とみよ》の《一松》の《一《ひとつ》》は《ひとり》と同義語であり、《見し秋を》や《人の世は》は「寂寥」「殺伐」「無常」を強く意識させる。

（八）《仏教を背景とした詞》の多用

△ひとりのみ苦しき海を渡るとや底を悟らぬ人は見るらん（千載）
厭ふべき同じ山路にわけきても花ゆへ惜しくなるこの世かな（花月）
鷲の山み法の庭にちる花を吉野の峯のあらしにぞ見る（花月）
散る花も世をうきくともなりにけりむなしき空を映す池水（花月）
色も香もこの世に追わぬものぞとてしばしも花をとめぬ春風（花月）
明け方の深山の春の風寂びて心砕けと散るさくらかな（花月）
濁る世に猶澄む影ぞたのもしき流れ絶えせぬ御裳濯の月（花月）
浮世厭ふこころの闇のしるべかなわが思ふかたに有明の月（花月）
横雲の嵐にまよふ山の端に影定まらぬ東雲の月（花月）
後の世をこの世に見るぞあはれなる己が火串の松につけても（二夜）
前の世にいかなる種の結びけむ憂しとも今は磐城の松（二夜）
山里よ心の奥の浅くては棲むべくもなきところなり（二夜）
あはれなり雲につらなる浪の上に知らぬ舟路を風にまかせて（二夜）
面影に千里をかけて見するかな春のひかりに遊ぶいとゆふ（六百）
○吉野山はなの故郷跡たえてむなしき枝に春風ぞ吹く（六百）
はかなしや荒れたる宿のうたた寝に稲妻通ふ手枕の露（六百）

夢の世に月日はかなく明け暮れて又はえがたき身を如何にせむ（十題）
はてもなく空しき道に消えなまし鷲の御山の法にあはずば（十題）
○奥山にひとりうきよはさとりにきつねなき色を風にながめて（十題）
○暮れかかるむなしき空の秋をみておぼえずたまる袖の露かな（南海）
○消えかへり岩まにまよふ水のあわのしばし宿かるうす氷哉（南海）
はるかなる常世はなれて鳴く雁の雲の衣に秋風ぞ吹く（南海）
おのれだにたえず音せよ松の風花ももみぢも見ればひととき（南海）
はかなくも花のさかりを思ふかな浮世の風はやすむまもなし（南海）
さてもさはすまばすむべき世の中の人の心のにごりはてぬる（南海）
○われながら心のはてをしらぬかなすてがたきよの又いとはしき（南海）
人の世はおもへばなべてあだし野のよもぎがもとのひとつ白露（南海）
心こそうき世の外のやどなれどすむことかたき我が身なりけり（南海）
心をぞうきぬる物とうらみつるたのむやまにもまよふ白雲（南海）
さりともと光はのこる世なりけり空行く月日法のともし火（南海）
思ひとけばこの世はよしや露霜を結びきにける行く末の夢（南海）
浮世かなひとりいはやの奥に住む苔の袂も猶しをるなり（治承）
いかばかり覚めて思はば憂かりなむ夢の迷ひに猶まよひぬる（治承）
濁る世も猶すめとてや石清水流れに月のひかりとむらん（治承）

うらむなよ花と月とをながめても惜しむ心はおもひ捨ててき（治承）
色にそむ心のはてを思ふにも花をみるこそうきみなりけれ（西洞）
橘の花ちるさとに見る夢はうちおどろくも昔なりけり（西洞）
早き瀬のかへらぬ水にみそぎして行くとしなみのなかばぞを知る（西洞）
衣うつ袖にくだくる白露のちぢにかなしき秋のふるさと（西洞）
照らす日をおほへる雲のくらきこそ憂き身にはれぬ時雨なりけれ（西洞）
前の世のむくいのほどの悲しきを見るにつけてもつみやそふらむ（西洞）
長き夜の末おもふこそ悲しけれ法のともし火きえがたのころ（西洞）
何ゆゑと思ひもわかぬたもとかなむなしき空の秋の夕暮（自歌合）
とこよ出でし旅の衣や初かりのつばさにかかる嶺の白雲（正治）
○はつせ山うつろふ花に春暮れてまがひし雲ぞ嶺にのこれる（正治）
○うき沈みこんよはさてもいかにぞと心にとひて答へかねぬる（千五百）
○おしかへし物を思ふは苦しきにしらず顔にて世をや過ぎまし（千五百）

まず、良経歌に哀愁が漂うのは、《ひとり》《ひとつ》の他に何と言っても《仏教を背景とした詞》の多用にある。世の無常はかなさをこれらの詞使いによって端的に表現している点が良経歌の特徴であろう。特に『新古今和歌集』に入集した歌にも例外なく使われていることは撰者たちが既に良経歌の特質を見抜いていたということであろう。尚、『西洞隠士百首』は既に述べたように特殊な精神状況下での詠であるから、除外して考えるべきである。この集から『新古今和歌集』に入集した歌はないことは既に述べた。

二、表現上の特徴

（イ）モノクロームの美しさ

○月だにもなぐさめがたき秋の夜の心もしらぬ松の風かな（花月）
○空は猶霞みもやらず風寒えて雪げにくもる春の夜の月（六百）
風寒み今日も霙の降る里は吉野の山の雪げなりけり（六百）
○いくよわれ浪にしをれてき舟川袖に玉ちる物思ふらん（六百）
見し秋を何に残さん草の原ひとつに変る野辺のけしきに（六百）
真野の浦の浪間の月を氷にてをばながすゑにのこる秋風（南海）
月やどす露のよすがに秋暮れてたのみし庭は枯野なりけり（南海）
○消えかへり岩まにまよふ水のあわのしばし宿かるうす氷哉（南海）
○もろともに出でし空こそ忘られね都の山の有明の月（南海）
○み吉野は山もかすみてしら雪のふりにし里に春はきにけり（治承）
○打しめりあやめぞかをる郭公鳴くや五月の雨の夕ぐれ（秋篠）

○いさり火の昔の光ほの見えてあしやの里に飛ぶ蛍哉（正治）
○蛍とぶ野澤に茂るあしのねのよなよな下にかよふあき風（老若）
○雲はみなはらひはてたる秋風を松に残して月をみるかな（老若）
○水上やたえだえ氷る岩まより清滝川にのこるしらなみ（老若）
○有明のつれなくみえし月は出でぬ山郭公待つ夜ながらに（千五百）
○人すまぬふはの関屋のいたびさしあれにし後はただ秋の風（影供）
○深からぬと山の庵のねざめだにさぞなこのまの月はさびしき（撰歌合）
○さそはれぬ人のためとや残りけんあすより先の花の白雪（秋篠）
○行末は空もひとつのむさし野に草のはらよりいづる月影（仙洞）

良経の歌に墨絵のような美しさのあるのも大きな特徴であろう。特に、《風》《霞》《雲》《雪》《氷》《夜》《月》などを配し色彩的には決して華やかさはないが、それが却って人の心を打つのであろう。

（ロ）　動物への共感

△さまざまの浅茅が原の虫の音をあはれひとつに聞きぞなしつる（千載）
散る花をなわしろ水にさそひきて山田のかはづ声かほるなり（花月）

○忘るなよたのむのさはを立つ雁もいなばの風の秋の夕ぐれ（二夜）
雨はれて風にしたがふ雲間よりわれもありとや帰る雁がね（二夜）
朝ぼらけ人の涙もおちぬべし時しも帰る雁がねの空（二夜）
野か山かはるかに遠き鹿のねを秋の寝覚めに聞き明かしつる（二夜）
露深き籬の野辺をかきわけてわれに宿かるさ牡鹿の声（二夜）
山深み人うかりしとも猿の友となりぬる身の行方こそ（二夜）
○たぐへくる松の嵐やたゆむらんをのへにかへるさをしかの聲（十題）
夜の雨のうちも寝られぬ奥山に心しをるる猿のみさけび（十題）
世の中に虎狼は数ならず人のくちこそ猶まさりけれ（十題）
わが宿の春の花ぞの見るたびに飛び交ふ蝶の人なれにける（十題）
風吹けば池の浮草かたよれど下にかはづのね絶えぬかな（十題）
露そむる野べの錦のいろいろをはたおる虫のしたり顔なる（十題）
ひとり寝る葦の丸屋の下露に床を並べて鶉鳴く也（六百）
雨そそく池の浮草風こえて浪と露とにかはづ鳴くなり（六百）
うたた寝の夢よりさきに明ぬ也山ほとぎす一声の空（六百）
鳴く蝉の羽に置く露に秋かけて木陰涼しき夕暮の声（六百）
春の色ははなともいはじ霞よりこぼれてにほふ鶯の聲（南海）
いまはとて山飛こゆるかりがねの涙露けき花のうへかな（南海）

春や今あふ坂こえてかへるらんゆふつけ鳥の一聲ぞする（南海）
名残までしばし聞けとや郭公松のあらしに鳴きてすぐなり（南海）
はるかなる常世はなれて鳴く雁の雲の衣に秋風ぞ吹く（南海）
○打しめりあやめぞかをる郭公鳴くや五月の雨の夕ぐれ（秋篠）
春の色に都の空も霞ぬと驚さそへ山おろしの風（治承）
浮世ともしらぬ蛍のおのれのみもゆる思ひはみさをなりけり（西洞）
○帰る雁いまはの心有明に月と花との名こそをしけれ（正治）
○いさり火の昔の光ほの見えてあしやの里に飛ぶ蛍哉（正治）
○秋ちかきけしきの杜に鳴くせみの涙の露や下葉そむらん（正治）
○をぎの葉にふけば嵐の秋なるを待ちけるよはのさをしかの聲（正治）
とこよ出でし旅の衣や初かりのつばさにかかる嶺の白雲（正治）
○きりぎりす鳴くや霜夜のさむしろに衣かたしきひとりかもねん（正治）
春日野の草のはつかに雪消えてまだうら若きうぐいすの声（正治）
ゆふまぐれ木だかき杜にすむ鳩のひとり友よぶ声ぞさびしき（正治）
○蛍とぶ野澤に茂るあしのねのよなよな下にかよふあき風（老若）
○月ぞすむ誰かはここにきの国や吹上の千鳥ひとり鳴くなり（老若）
○有明のつれなくみえし月は出でぬ山郭公待つ夜ながらに（千五百）

ただ、動物を配するのではなく、動物への共感を詠い込んでいるところが特徴と言える。この根底にあるのは仏の教える《生きとし生けるものへの慈悲心》なのであろう。例えば、《いまはとて山飛こゆるかりがねの涙露けき花のうへかな》の歌に対して、『新古今和歌集』には《山飛こゆる雁》を主題にした人麿の歌《秋風に山飛びこゆる雁がねのいやとほざかり雲隠れつつ》と西行の歌《よこ雲の風にわかるる東雲に山とびこゆる初雁のこゑ》が載っているが、二首とも純粋な叙景歌である。しかし、良経の歌は「帰る雁へ」花の心を分かってほしいと呼び掛けたのである。

（八）　良経らしい控えめな哀れを誘う恋歌

△秋はをし契りは待たるとにかくに心にかかる暮の空かな（千載）
知らざりし我恋草や茂るらん昨日はかかる袖の露かは（六百）
○もらすなよ雲ゐる嶺の初時雨このはは下に色かはる共（六百）
たどりつる道に今宵は更けにけり杉の梢に有明の月（六百）
吉野河はやき流れを堰く岩のつれなき中に身を砕くらん（六百）
○いくよわれ浪にしをれてき舟川袖に玉ちる物思ふらん（六百）
○思ひかねうちぬるよひもありなましふきだにすさべ庭の松かぜ（六百）
○いつも聞く物とや人のおもふらんこぬ夕暮の秋風の声（六百）

おほかたにながめし暮の空ながらいつよりかかる思そめけん（南海）
それもなほ風のしるべは有物を跡なき浪の舟のかよひぢ（南海）
鳰どりのかくれもはてぬさざれ水下にかよはむみちだにもなし（南海）
くちぬべき袖のしづくをしぼりてもなれにし月や影はなれなん（南海）
いまはとて涙の海にかぢをたえ沖をわづらふ今朝のふな人（治承）
うつろひし心のはなに春くれて人もこずゑに秋風ぞ吹く（治承）
○又もこん秋をたのむのかりだにも鳴きてぞ帰る春のあけぼの（治承）
○うつせみの鳴くねやよそにもりの露ほしあへぬ袖を人のとふまで（秋篠）
○かぢをたえゆらの湊による舟の便りもしらぬ沖つ潮風（正治）
○恋をのみすまの浦人もしほたれほしあへぬ袖のはてをしらばや（正治）
○いはざりきいまこんまでの空の雲月日へだてて物おもへとは（正治）
○身にそへる其の面影も消えななむ夢なりけりと忘るばかりに（千五百）
○めぐりあはん限りはいつとしらねども月なへだてそよその浮雲（千五百）
○我が涙もとめて袖にやどれ月さりとて人のかげはみえねど（千五百）
○難波人いかなるえにかくちはてんあふ事なみに身をつくしつつ（影供）
○わくらばに待ちつる宵もふけにけりさやは契りし山のはの月（影供）
○草ふかき夏野分けゆくさをしかのねをこそたてね露ぞこぼるる（水無瀬）
○山がつのあさのさ衣をさをあらみあはで月日やすぎふける庵（水無瀬）

○何ゆゑと思ひもいれぬ夕べだに待ち出でし物を山のはの月（水無瀬）
○いそのかみ布留の神杉ふりぬれど色にはいでず露も時雨も（不詳）
○思ひいでて夜な夜な月に尋ねずばまてと契りし中や絶えなん（不詳）

この控えめな特徴には二つの要素があるのであろう。一つは良経の性格が反映されている、もう一つは恋歌が題詠歌であって、その歌題に合わせたものであることで、リアリティーの世界というよりヴァーチャルな世界の恋歌であるということ、つまり、当時の歌壇の恋愛観に引きずられていたということである。しかし、これらの歌の中には《いつも聞く》《いはざりき》《わくらばに》《思ひいでて》など女の立場で詠んだものがあるので、必ずしも彼の本心を詠んでいたかどうかは断定は出来ないだろうが、男の我儘に対して良経が批判的で、切ない女の心情を思いやっていたとも言えるのである。ここに、彼の性格が投影されていると考えられよう。男の歌でも良経の恋歌は余情に溢れたローマン時代の美しさ弱さを持っていることは確かである。

そして全体を通して言えることはこれらの傾向が彼の年齢に関係なく見られるということである。つまり、初期に持った人生観をそのままほとんど変質させずに晩年にまで持ち込んだということは初期の頃の影響が非常に大きかったということである。その人生観は仏教の素養によって形成されていることは歌の多くに仏教的背景を読み取ることが出来ることから間違いないであろう。
（一）人間存在の宿命的孤独性（二）無常（三）自然観照（四）動物への共感（五）控えめな恋愛観などを見ていると、良経は内向きな人間だったように思えて来る。そのように内向きにさせたのは生い立ちにあったのであろう。摂籙家の次男坊という立場が大きく影響していたのである。しかも、父兼実は長男良通に異常なほどの大きな期待を掛け、良経はその陰に、多分、兄に従属するかのように育てられたように思える。詩文の研鑽では常に兄は厳格な師匠格であり（尤もそのような研鑽のお蔭で、定家も羨むほどの詩文の素養が身に着いたのであろう）、父もそのように二人を扱っていたと思われる。その上、いや、だからこそであろうか、叔父慈円に兄よりも（恐らく心底から）親しみを覚え、接近していたのであろう。何故なら、二人の立場が似ていたからである。互いに慰め合える関係にあるものと良経は勝手に内心思っていたように思える。そして、慈円の青年期の山にこもり、真剣に仏道修行に打ち込む姿に憧れていたのではなかったろうか。つまり、そこに自由な姿を見ていたのである。良経歌に仏教的雰囲気が色濃く反映されているのは父よりも叔父の影響が強かったものと思われる。しかし、突然兄を失い政治の表舞台に立たされたが、そう簡単に人生観を変えることは出来なかったのであろう。良経と慈円との関係などについては既に《『千載和歌集』以前》の項で述べたのでこれ以上繰り返さない。
　摂籙家の跡取りという華麗な人生を歩んでいると他人は羨むであろうが、彼自身心の片隅に摂政太政大臣になっても嘗て憧れをもって見ていた修行僧の生活への思いは捨て切れなかったのであろう。歌の世界では憧れを密かに歌うことが出来たが、晴れ晴れと、とは行かなかった。だからこそ、叔父と密かに『南海漁父北山樵客百番歌合』を編んで時には心の内圧を下げていたのである。現実世界の人間関係の煩わしさからの逃避、その不可能さ、自然観照の中での仏道修行への憧れ、その不可能さ、彼の心は両者の間で彷徨っていたのではなかろうか。その心の葛藤が生涯にわたってペーソスの漂う歌を無意識的に生み出していたものと思われる。(完)

付表　『新古今和歌集』入集の藤原良経歌の出所及び詠出時期と年齢の時系列的配列

部立と番号	歌	出所	詠出時期	年齢
秋上　四一九	月だにもなぐさめがたき秋の夜の　心もしらぬ松の風かな	花月百首	建久元年九月十三夜	二二
春上　六一	忘るなよ　たのむのさはを立つ雁も　いなばの風の秋の夕ぐれ	二夜百首	建久元年十二月十五、十九日	二二
秋下　四四四	たぐへくる松の嵐やたゆむらん　をのへにかへるさをしかの聲	十題百首	建久二年閏十二月	二三
雑中　一六七九	ふる郷はあさぢが末になりはてて　月にのこれる人の面影	十題百首	建久二年閏十二月	二三
釈教　一九三六	奥山にひとりうきよはさとりにき　つねなき色を風にながめて	十題百首	建久二年閏十二月	二三
春上　二三	空は猶霞みもやらず風寒《さ》えて　雪げにくもる春の夜の月	六百番歌合	建久四年頃	二五
春下　一四七	吉野山　はなの古郷跡たえて　むなしき枝に春風ぞ吹く	六百番歌合	建久四年頃	二五

夏	二六〇	かさねても涼しかりけり　夏衣　うすき袂に月やどるかげ	六百番歌合	建久四年頃	二五
秋上	三五九	物おもはでかかる露やは袖におく　詠《なが》めてけりな　秋の夕暮	六百番歌合	建久四年頃	二五
秋下	五三一	ははそはら滴も色やかはるらん　杜の下草秋深《ふ》けにけり	六百番歌合	建久四年頃	二五
秋下	五四四	龍田姫いまはの比《ころ》の秋風に　時雨をいそぐ人の袖かな	六百番歌合	建久四年頃	二五
恋二	一〇八七	もらすなよ　雲ゐる嶺の初時雨　このはは下に色かはる共	六百番歌合	建久四年頃	二五
恋二	一一四一	いくよわれ　浪にしをれて　き舟川　袖に玉ちる物思ふらん	六百番歌合	建久四年頃	二五
恋四	一三〇四	思ひかねうちぬるよひもありなまし　ふきだにすさべ　庭の松かぜ	六百番歌合	建久四年頃	二五
恋四	一三一〇	いつも聞く物とや人のおもふらん　こぬ夕暮の秋風の声	六百番歌合	建久四年頃	二五

哀傷 七六六	春霞かすみし空のなごりさへ けふをかぎりの別れなりけり	秋篠月清集	建久四年二月十三日	二五
秋上 三五八	暮れかかるむなしき空の秋をみて おぼえずたまる袖の露かな	南海漁父百首	建久五年頃	二六
冬 六三二	消えかへり岩間にまよふ水のあわの しばし宿かるうす氷哉	南海漁父百首	建久五年頃	二六
冬 六三三	枕にも袖にも涙つららゐて 結ばぬ夢をとふ嵐かな	南海漁父百首	建久五年頃	二六
羇旅 九三六	もろともに出でし空こそ忘られね 都の山の有明の月	南海漁父百首	建久五年頃	二六
雑下 一七六四	われながら心のはてをしらぬかな すてられぬよの又いとはしき	南海漁父百首	建久五年頃	二六
夏 二二〇	打しめりあやめぞかをる 郭公《ほととぎす》 鳴くや五月の雨の夕ぐれ	秋篠月清集	建久六年二月	二七
春上 一	み吉野は山もかすみて しら雪の ふりにし里に春はきにけり	治承題百首	建久六年頃	二七

冬 六九八	いそのかみ　ふるののをざさ霜をへて　一夜ばかりにのこる年哉	治承題百首	建久六年頃	二七
恋三 一一八六	又もこん秋をたのむのかりだにも　鳴きてぞ帰る　春のあけぼの	治承題百首	建久六年頃	二七
神祇 一八七一	神風や　みもすそ川のそのかみに　契りし事の末をたがふな	秋篠月清集	建久六年 三月四日	二七
雑中 一六五二	昔きくあまのかはらを尋ねきて　跡なき水をながむばかりぞ	後京極殿御自歌合	建久九年以前か	三十
賀 七四六	かすが山　都のみなみしかぞ思ふ　北の藤浪春にあへとは	良経家『十題二十番歌合』（春祝）	正治二年 閏二月一日	三二
恋一 一〇三一	うつせみの　鳴くねやよそにもりの露　ほしあへぬ袖を人のとふまで	同右（夏恋）	正治二年 閏二月一日	三二
哀傷 八二九	みし夢にやがてまぎれぬ我が身こそ　とはるるけふもまづ悲しけれ	秋篠月清集	正治二年秋	三二
春上 六二	帰る雁　いまはの心有明に　月と花との名こそをしけれ	正治二年初度百首	正治二年秋	三二

春上　六六	ときはなる山の岩ねにむす苔の　そめぬ緑に春雨ぞふる	正治二年初度百首	正治二年秋	三二
春下　一五七	はつせ山　うつろふ花に春暮れて　まがひし雲ぞ嶺にのこれる	正治二年初度百首	正治二年秋	三二
春下　一七四	あすよりはしがの花ぞのまれにだに　誰かはとはん　はるのふる郷	正治二年初度百首	正治二年秋	三二
夏　二五五	いさり火の昔の光ほの見えて　あしやの里に飛ぶ蛍哉	正治二年初度百首	正治二年秋	三二
夏　二七〇	秋ちかきけしきの杜に鳴くせみの　涙の露や下葉そむらん	正治二年初度百首	正治二年秋	三二
秋上　三五六	をぎの葉にふけば嵐の秋なるを　待ちけるよはのさをしかの聲	正治二年初度百首	正治二年秋	三二
秋上　三五七	おしなべて思ひしことの数々に　猶色まさる秋の夕暮	正治二年初度百首	正治二年秋	三二
秋下　五一八	きりぎりす鳴くや霜夜のさむしろに　衣かたしきひとりかもねん	正治二年初度百首	正治二年秋	三二

冬 六一五	ささの葉はみ山もさやに打そよぎ 氷れる霜を吹く嵐哉	正治二年初度百首	正治二年秋	三三一
冬 六三五	かたしきの袖の氷も結ぼほれ とけてねぬ夜の夢ぞみじかき	正治二年初度百首	正治二年秋	三三一
賀 七三六	敷島や　やまとしまねも神世より 君が為とや固めおきけん	正治二年初度百首	正治二年秋	三三一
恋一 一〇七三	かぢをたえ　ゆらの湊による舟の 便りもしらぬ沖つ潮風	正治二年初度百首	正治二年秋	三三一
恋二 一〇八三	恋をのみ　すまの浦人もしほたれ ほしあへぬ袖のはてをしらばや	正治二年初度百首	正治二年秋	三三一
恋四 一二九三	いはざりき　いまこんまでの空の雲 月日へだてて物おもへとは	正治二年初度百首	正治二年秋	三三一
雑上 一五一七	月見ばといひしばかりの人はこで まきのとたたく庭の松かぜ	正治二年初度百首	正治二年秋	三三一
雑中 一六六五	忘れじの人だにとはぬ山ぢかな 桜は雪にふりかはれども	正治二年初度百首	正治二年秋	三三一

夏	二七三	蛍とぶ野澤に茂るあしのね よなよな下にかよふあき風	老若五十首歌合	建仁元年二月	三三
秋上	四一八	雲はみなはらひはてたる秋風を 松に残して月をみるかな	老若五十首歌合	建仁元年二月	三三
冬	六三四	水上《みなかみ》や　たえだえ氷る岩まより 清滝川にのこるしらなみ	老若五十首歌合	建仁元年	三三
冬	六四七	月ぞすむ　誰かはここにきの国や 吹上の千鳥ひとり鳴くなり	老若五十首歌合	建仁元年	三三
秋上	三九四	時しもあれ　古郷人は音もせで み山の月に秋風ぞ吹く	新宮撰歌合	建仁元年三月	三三
夏	二〇九	有明のつれなくみえし月は出でぬ 山郭公《ほととぎす》待つ夜ながらに	千五百番歌合	建仁元年六月	三三
秋上	二九三	ふか草の露のよすがを契りにて 里をばかれず秋はきにけり	千五百番歌合	建仁元年六月	三三
賀	七三七	ぬれてほす玉ぐしの葉の　露霜に あまてる光いくよへぬらん	千五百番歌合	建仁元年六月	三三

恋二	一一一九	嘆かずよ　いまはたおなじ　なとり河　せぜの埋木《むもれ》くちはてぬとも	千五百番歌合	建仁元年六月	三三
恋二	一一二六	身にそへる其の面影も消えななむ　夢なりけりと忘るばかりに	千五百番歌合	建仁元年六月	三三
恋四	一二七二	めぐりあはん限りはいつとしらねども　月なへだてそ　よその浮雲	千五百番歌合	建仁元年六月	三三
恋四	一二七三	我が涙もとめて袖にやどれ月　さりとて人のかげはみえねど	千五百番歌合	建仁元年六月	三三
雑下	一七〇二	舟のうち浪の下にぞおいにける　あまのしわざもいとまなのよや	千五百番歌合	建仁元年六月	三三
雑下	一七六三	うき沈みこんよはさてもいかにぞと　心にとひて答へかねぬる	千五百番歌合	建仁元年六月	三三
雑下	一七六五	おしかへし物を思ふは苦しきに　しらず顔にてよをや過ぎまし	千五百番歌合	建仁元年六月	三三
雑中	一五九九	人すまぬふはの関屋のいたびさし　あれにし後はただ秋の風	影供歌合	建仁元年八月三日	三三

恋一 一〇七七	難波人　いかなるえにかくちはてん　あふ事なみに身をつくしつつ	影供歌合	建仁元年八月十五夜	三三
恋四 一二八二	わくらばに待ちつる宵もふけにけり　さやは契りし　山のはの月	影供歌合	建仁元年八月十五夜	三三
秋上 三九五	深からぬと山の庵のねざめだに　さぞなこのまの月はさびしき	撰歌合	建仁元年八月十五夜	三三
秋下 四七八	里はあれて月やあらぬとうらみても　誰あさぢふに衣うつらん	八月十五夜撰歌合	建仁元年八月十五夜	三三
羇旅 九四一	忘れじと契りて出でし面影は　みゆらん物を　ふる郷の月	秋篠月清集	建仁元年八月十五夜か	三三
秋上 三九三	古郷のもとあらのこはぎ咲きしより　よなよな庭の月ぞうつれる	仙洞句題五十首	建仁元年九月二十六日	三三
秋上 四二二	行末は空もひとつのむさし野に　草のはらよりいづる月影	仙洞句題五十首	建仁元年九月二十六日	三三
恋二 一一〇一	草ふかき夏野分けゆくさをしかの　ねをこそたてね　露ぞこぼるる	水無瀬恋十五首歌合	建仁二年九月十三夜	三四

恋二 一一〇八	山がつのあさのさ衣　をさをあらみ　あはで月日やすぎふける庵《いほ》	水無瀬恋十五首歌合	建仁二年九月十三夜	三四
恋三 一一九八	何ゆゑと思ひもいれぬ夕べだに　待ち出でし物を　山のはの月	水無瀬恋十五首歌合	建仁二年九月十三夜	三四
賀 七三五	おしなべてこのめも春のあさみどり　松にぞ千代の色はこもれる	京極殿初度御会	建仁三年正月十五日	三五
春下 一三六	さそはれぬ人のためとや残りけん　あすより先の花の白雪	秋篠月清集	建仁三年二月二十五日	三五
夏 二二六	を山だに引くしめなわの　打はへてくちやしぬらん　五月雨のころ	同右	建仁三年十一月二十三日　俊成九十賀屏風歌	三五
恋一 一〇二八	いそのかみ　布留《ふる》の神杉《かみすぎ》ふりぬれど　色にはいでず　露も時雨も	北野宮歌合か不詳	元久元年か	三六
雑上 一五四五	あまのとを　おし明けがたの雲まより　神よの月の影ぞのこれる	院の春日社歌合	元久元年十一月十日	三六
恋四 一二七八	思ひいでて　夜な夜な月に尋ねずば　まてと契りし中や絶えなん	秋篠月清集	不詳、建久の政変以前か	不詳

藤原良経年表

和暦	西暦	年齢	良経事項	関連事項	良経作品
嘉応元年	一一六九	一	誕生（父摂関家藤原九条兼実母藤原季行の息女兼子）	四月八日仁安四年から嘉応元年に改元	
治承元年	一一七七	九		六月二十日藤原六条清輔没 八月四日安元三年から治承元年に改元	
治承二年	一一七八	十		三月二十日から六月二十九日兼実『右大臣家百首歌』を企画 六月二十三日藤原俊成初めて兼実訪問九条家の和歌指南役になる（この頃定家兼実家の家人となるか）	

				八月二十二日兼実俊成に『右大臣家百首歌』の加点依頼	
治承三年	一一七九	十一	四月十七日元服従五位上に叙せらる十月九日侍従に任じらる		
治承四年	一一八〇	十二		後鳥羽天皇誕生	
養和元年	一一八一	十三		七月十四日治承五年から養和元年に改元十一月五日叔父道快法印に叙せらる（この頃道快慈円と改名するか）	

寿永元年	一一八二	十四	十一月十七日左近中将に転任	五月二十七日養和二年から寿永元年に改元	
寿永二年	一一八三	十五	一月七日従四位下に昇叙さる	八月二十日後鳥羽天皇即位	
元暦元年	一一八四	十六		四月十六日寿永三年から元暦元年に改元	
文治元年	一一八五	十七	一月六日従三位に昇叙さる 十一月十一日良経義経と同訓により改名の沙汰あるも止む義経を義顕と呼ぶ	三月二十四日平氏壇ノ浦にて滅亡 八月十四日元暦二年から文治元年に改元 十一月十二日義経行家追討の院宣	この頃より良経本格的に歌を詠むか

文治二年	一一八六	十八		三月十日兼実摂政並びに氏長者となる 十月二十九日兄良通内大臣に任じらる	
文治三年	一一八七	十九	一月二十三日従二位に昇叙左中将元のまま 一月二十九日良経拝賀に侍従藤原定家扈従す		
文治四年	一一八八	二十	一月六日正二位に昇叙左中将元のまま	二月二十日兄良通急死 四月二十二日『千載和歌集』なる	『千載和歌集』に良経歌七首入集す

文治五年	一一八九	二十一	七月十日権大納言に任じらる 十二月三十日左近大将兼ねる	十二月十四日兼実太政大臣に任じらる	
建久元年	一一九〇	二十二	七月十八日左大将兼中宮大夫となる	一月六日実妹任子入内 四月十一日文治六年から建久元年に改元 四月二十六日任子中宮となる	九月十三日『花月百首』なる 十二月十五日十九日『二夜百首』なる
建久二年	一一九一	二十三	六月二十六日一条能保の息女（源頼朝姪）娶る	十二月十七日兼実関白となる	閏十二月『十題百首』なる
建久三年	一一九二	二十四		三月十三日後白河法皇崩御	この年から『六百番歌合』計画か

建久四年	一一九三	二十五	六月二十八日長男道家誕生	二月十三日定家母加賀没（俊成妻）美福門院加賀没（『新古今和歌集』に定家に贈った良経の哀傷歌あり）	この年に『六百番歌合』（別名『左大将家百首歌合』）なるか（この歌合から良経定家家隆有家などの三十四首『新古今和歌集』に入集うち良経歌十首）
建久五年	一一九四	二十六	次男教家誕生		この年から翌年にかけて『南海漁父北山樵夫百番歌合』なるか（跋文に建久五年仲秋とある）『新古今和歌集』に五首入集

建久六年	一一九五	二十七	二月二十九日公卿勅使となり伊勢神宮に参拝（三月四日の歌『新古今和歌集』に入集）十一月十日内大臣に任じらる左大将元のまま	八月十三日任子皇女昇子生む 十一月一日為仁親王（のちの土御門天皇）誕生（母源通親養女在子）	伊勢参拝の際の歌あり 『治承題百首』この頃なるか（『新古今和歌集』の巻頭歌あり他に二首入集）
建久七年	一一九六	二十八		十一月二十三日中宮任子内裏を出さる 十一月二十五日兼実関白を罷免さる（いわゆる正二位権大納言源通親による《建久の政変》） 慈円天台座主を辞する	
建久八年	一一九七	二十九			

建久九年	一一九八	三十	一月十九日左大将罷免さる	一月五日正二位権大納言源通親後院別当に補す 一月十一日後鳥羽天皇譲位土御門天皇即位 この頃から後鳥羽院歌に熱中するか	失脚の間『西洞隠士百首』なるか 五月二日『後京極殿御自歌合』（俊成加判）なる（伊勢参拝の歌あり） この年までに良経『慈鎮自歌合』編むか
正治元年	一一九九	三十一	六月二十二日勅勘解けて政界復帰左大臣に任じらる	一月十三日源頼朝没 四月二十七日建久十年から正治元年に改元 六月二十二日源通親内大臣に任じらる	冬十首歌合良経家で行わる

正治二年	一二〇〇	三十二	七月十三日妻病死（三十四歳）（『新古今和歌集』に哀傷歌あり）	秋頃（七月十五日か）後鳥羽院群臣に百首歌（『正治二年初度百首』のため）詠進下命か 九月二十七日『正治二年初度百首』なるか	閏二月一日良経家で『十題撰歌合』披講（『新古今和歌集』二首入集） 院に百首歌詠進す 『新古今和歌集』に『正治二年初度百首』から良経歌十七首入集
建仁元年	一二〇一	三十三	七月二十七日二条殿（仙洞御所）の和歌所設置に伴い寄人となる	二月十三日正治三年から建仁元年に改元 六月後鳥羽院群臣へ百首歌詠進下命（『千五百番歌合』のため）	良経仙洞歌壇で活躍す 二月『老若五十首歌合』 六月『院第三度百首』（別名『千五百番歌合』）

			十月三日伯父基房の息女娶る 十二月九日母没	十一月三日『新古今和歌集』撰進の院宣源通具藤原有家藤原定家藤原家隆藤原雅経寂蓮に下る	八月『影供歌合』 九月『仙洞句題五十首』などに詠進
建仁二年	一二〇二	三十四	一月二十七日兼実出家 十一月二十七日氏長者となる 十二月二十五日摂政に任じらる左大臣元のまま	七月二十日寂蓮没 九月六日定家ら十名に『千五百番歌合』の加判の命下る 十月二十一日源通親没	九月十三夜『水無瀬恋歌合』に詠進

建仁三年	一二〇三	三十五		『千五百番歌合』成立 十一月二十三日俊成九十賀『屏風和歌』（『新古今和歌集』に良経歌あり）	『新古今和歌集』に『千五百番歌合』から良経歌十首入集
元久元年	一二〇四	三十六	十一月十六日左大臣辞す 十二月十四日太政大臣に任じらる	二月二十日建仁四年から元久元年に改元 七月二十二日『新古今和歌集』の部類始まる 十一月十日『春日社歌合』（良経歌三首あり──『秋篠月清集』） 十一月十一日『北野宮歌合』 十一月三十日俊成没	『春日社歌合』以後に良経歌集『秋篠月清集』の編纂始まるか 『新古今和歌集』にある良経の恋歌（一〇二八番）は『北野宮歌合』の時のものか

元久二年	一二〇五	三十七		三月二十六日『新古今和歌集』竟宴良経仮名序書く	『新古今和歌集』に良経歌七十九首入集
建永元年	一二〇六	三十八	三月七日良経急死（後世《後京極摂政太政大臣》と呼ばる）	四月二十七日元久三年から建永元年に改元	
建永二年	一二〇七		四月五日父兼実没		

参考文献

（一）青木賢豪著『藤原良経全歌集とその研究』（笠間書院　昭和五十一年刊）
（二）小山順子著『藤原良経』――コレクション日本歌人選〇二七（笠間書院　二〇一五年刊）
（三）佐佐木幸綱著『中世の歌人たち』（日本放送協会　昭和五十一年刊）
（四）久保田淳校注『千載和歌集』（岩波文庫　一九八六年刊）
（五）日本古典文学大系『新古今和歌集』（岩波書店　昭和三十三年刊）
（六）日本古典文学大系『古今和歌集』（岩波書店　昭和三十三年刊）
（七）日本古典文学大系『歌論集・能楽集』（岩波書店　昭和四十九年刊）
（八）日本古典文学全集『歌論集』（小学館　昭和五十一年刊）
（九）新日本古典文学大系『六百番歌合』（岩波書店　一九九八年刊）
（十）新日本古典文学大系『中世和歌集　鎌倉篇』（岩波書店　一九九一年刊）
（十一）新日本古典文学大系『竹取物語　伊勢物語』（岩波書店　一九九七年刊）
（十二）久保田淳・川村晃生編『合本八代集』（三弥井書店　昭和六十一年刊）
（十三）久保田淳編『藤原定家全歌集上下』（河出書房新社　昭和六十年刊）

（十四）丸山二郎校注『愚管抄』（岩波文庫　一九四九年刊）
（十五）『明月記』全三巻（国書刊行会　昭和四十九年刊）
（十六）『玉葉』全三巻（国書刊行会　明治三十九年刊）
（十七）多賀宗隼編『慈円全集』（七丈書院　昭和二十年刊）
（十七）増補史料大成『兵範記』（一）（臨川書店　昭和四十年刊）
（十九）新編国歌大観　第三巻　私家集編一（角川書店　昭和六十年刊）
（二十）新編国歌大観　第四巻　私家集編二（角川書店　昭和六十一年刊）
（二十一）新編国歌大観　第五巻　歌合集（角川書店　昭和六十二年刊）
（二十二）公卿補任　第一篇（吉川弘文館　昭和三十九年刊）
（二十三）尊卑文脈　第一篇（吉川弘文館　昭和四十二年刊）

あとがき

『明月記』建仁三年（一二〇三）一月十三日には《殿下の御力及ばざるか、後鑑恥ずべき者なり》の記事あり、この時定家の昇任がなかったことを嘆いたものだが、これを以って、どうも藤原良経は政治的には無能だったという悪評が巷間に蔓延したのだろう。しかし、それは片目をつむった物言いであろう。もしそうなら良経の頓死に『尊卑文脈』が《寝所において天井より刺殺される》と注したことと矛盾するであろう。暗殺の噂が立つとすれば政治的に抗争があったということであり、彼がそれなりに政界において政敵を育てるほどの活躍をしていたとも言えるのである。勿論、無能であるのに政界で大きな顔をしているなどとは、とんでもないと排除を画策することも考えられなくもないが、それは無駄なことである。彼は建久の政変から復帰した。彼が何故、建久の政変から生き帰られたのか、後鳥羽院のご意向であったことは間違いないのである。政治的に無能だったら果たして戻って来られたであろうか。院は彼を必要とした。安定安穏な政界を彼を引き戻すことによって取り戻せると考えたからである。その理由は彼の人柄の良さにあったのである。殺伐だった父兼実と源通親との政争を鎮めるためには良経の温厚な人柄を必要とした。昇進を叶えてくれないと嘆いていた定家でさえ良経の没後の建永元年（一二〇六）五月十二日、月が明るく照らす夜、懐旧の思いに駆られ、良経の旧宅を尋ね、生前の良経を思い《閑居寂寥たり。ただ、前途後栄の憑《たの》み無きのみにあらず、天曙日暮毎に遠隔慈悲の恩容、恋慕の思ひ堪え忍び難し》と良経の愛に感謝の思いを述べている。定家の性格から考えると破格の慕いようである。それ程に良経は人格的に優れていたと推察出来るであろう。院も良経の人柄を見抜いていた。院がもし源通親を重用したいのだったら、通親を破格の扱いで左大臣に抜擢したであろうが、院は良経を復帰後ただちに左大臣に任じたことは院が良経を必要としていたことの証ではなかろうか。勿論、院はご自分の和歌の世界に仲間――臣下としてではない、同行《どうぎょう》の好《よしみ》として――を欲してもいた。前衛的な定家の歌に院はなじめなかった。良経はご自分の美意識と同じ範疇にいると思えたのである。『新古今和歌集』に序文を書かせ、巻頭に良経の歌を上げ、ご自分の歌を二番目に下げた。良経が没した後、制御棒的存在を失った院の政治は不安定化の方向を辿り、ついに承久の変へと暴走させた。和歌の世界でも定家との確執を強めた。隠岐の島で院は『新古今和歌集』の再編集に手を染め、四百首ほどを切り捨てた。その中に定家の佳吟《見渡せば花ももみぢもなかりけり浦の苫屋の秋の夕暮》がある。その代わり、院はその配流の島で《われこそは新島守よ沖のあらき波風こころして吹け》と叫んだ。

良経が頓死した際、院は《限りなく嘆いた》と慈円に書き取らせたほど、院も良経の死を悼んでいた。良経が長命で院を政治的にも支え続けていたなら、もしかして、承久の変も起こらなかったのではないかと勝手な空想をしている。詮無い空想ではある。良経が次男坊で、叔父に慈円がいたこともさることながら、九条家で六条家の歌人たち、御子左家の歌人たちと隔てなく過ごせたことが良経の人物を形成していたのであろう。彼は自己主張より融和の大切さを学んで、生涯そのことに留意していた。彼がそのため命を縮めたとは考えにくいが、運命とは過酷である。早世したことが心底悔やまれる。冥福を祈る。

平成二十九年(二〇一七)　富士の残雪の消えかかる中で

太田光一

【著者略歴】

太田《おおた》 光一《こういち》

1938年1月　横浜生まれ

1960年3月　東京工業大学　理工学部卒業

1960年4月　日本軽金属㈱に入社、技術開発、工場設計、工場建設、工場経営など主に技術畑で活躍す。

1983年4月　縁あってドイツ・メルク社（本社ダルムシュタット）の日本法人メルク・ジャパン㈱（現メルク株式会社）に転職し、日本における生産拠点の新・増設など、日独の橋渡し役としてメルク社の企業発展に貢献す。

1999年3月　メルク・ジャパン㈱常務取締役退任後、文学研究に専念し今日に至る。

主たる作品

1996年　『鑽仰と鎮魂の祈り――西行法師の漂着点』（近代文芸社刊）

2000年　『良寛和尚』（鳥影社刊）

2002年　『大伴家持』……第2回『古代ロマン文学大賞』研究部門優秀賞受賞作品（郁朋社刊）

2005年　『世阿弥――ヒューマニズムの開眼から断絶まで』……第5回『歴史浪漫文学賞』研究部門　特別賞受賞作品（同上）

2010年　『持統万代集――万葉集の成立』（同上）

2012年　『ニーチェ詩集――歌と箴言』（同上）

2015年　『リルケの最晩年～呪縛されていた『ドゥイノの悲歌』の完成を果たして新境地へ～』（同上）

など

新古今《しんこきん》の天才歌人《てんさいかじん》　藤原良経《ふじわらりょうけい》
——歌《うた》に漂《ただよ》うペーソスは何処《どこ》から来《き》たのか

平成二十九年十月二十八日　第一刷発行

著　者　太田《おおた》　光一《こういち》

発行者　佐藤　聡

発行所　株式会社　郁朋社《いくほうしゃ》
東京都千代田区三崎町二—二〇—四
郵便番号　一〇一—〇〇六一
電　話　〇三（三二三四）八九二三（代表）
ＦＡＸ　〇三（三二三四）三九四八
振　替　〇〇一六〇—五—一〇〇三二八

印　刷
製　本　日本ハイコム株式会社

郁朋社ホームページアドレス　http://www.ikuhousha.com
この本に関するご意見・ご感想をメールでお寄せいただく際は、
comment@ikuhousha.com までお願い致します。

ISBN978-4-87302-659-6 C0095